DU MÊME AUTEUR
AUX ÉDITIONS J'AI LU

Asphixie, N° 4893

Superstars, N° 6194

Le pire des mondes, N° 7628

ANN SCOTT

Héroïne

ROMAN

J'AI LU

Pour N.,
même si elle n'a rien à voir avec cette histoire.

Taking more than her share
had me fighting for air,
she told me to come
but I was already there,
cause the walls start shaking
the earth was quaking
my mind was aching
and we were making it…

AC/DC.

Il y a plus de larmes versées sur les prières exaucées
que sur celles qui ne le sont pas.

Sainte Thérèse d'Avila et Truman Capote.

Bien qu'Iris soit inspirée d'une personne existante, l'histoire qui suit est fictive.

Prologue

Tu es bien le genre de personne à imaginer que tu es dans un film. Quand il t'arrive un sale truc, c'est toujours comme ça que tu parviens à t'en sortir. Rien de tel que ce recul pour dédramatiser.

Arrêtée là, sur le pont de l'Alma, en pleine nuit, tu te vois donc au centre d'un tableau constitué de ce pont désert, des lampadaires éclairés qui le bordent et de la Seine qui serpente en arrière-plan. L'œil va ensuite reculer et le cadre s'élargir pour laisser deviner les berges, puis les quais, puis les premiers pâtés de maisons, jusqu'à ce que toi, tu deviennes de plus en plus petite dans la distance. Et ta silhouette devant la balustrade, isolée au milieu de ce décor entièrement révélé, sera alors comme la dernière image de cette histoire de merde sur laquelle viendra enfin s'inscrire le mot fin.

En attendant, tu fixes la surface de l'eau. Normalement, quand quelque chose tombe, le point d'impact se transforme en un rond qui s'étire longuement avant de s'évanouir. Là, tu parierais qu'il n'en sera rien. Ton portable que tu vas jeter, tu sais que ce sera comme pour tout le reste dans cette histoire : la surface se refermera aussitôt dessus sans que tu ne puisses rien distinguer d'autre.

Bien sûr, tu es consciente que ce dont tu es sur le point de te débarrasser, c'est elle. Ce qui reposera désormais dans les profondeurs de cette eau opaque, épaisse, dégueulasse, c'est elle. Ce à quoi tu vas tourner le dos, après toutes ces années, c'est elle. Il y aura sans doute des moments où tu sentiras tes jambes se dérober en songeant que cette fois, tu l'as vraiment perdue. Des moments où, marchant dans la rue, tu te figeras brusquement et tu fondras en larmes, au milieu de la foule, bousculée par les gens qui te dépasseront. Mais pour l'instant tu es debout, et jusqu'à preuve du contraire, tes jambes te soutiennent.

Et puis franchement... même si tu ne le reconnaîtras jamais à voix haute, n'était-ce pas juste parce qu'elle baisait comme personne d'autre que tu as bloqué aussi longtemps ?

N'était-ce pas parce qu'elle te suppliait tout le temps de l'attraper, de lui foutre des trucs dans le cul, de lui faire n'importe quoi, que tout ça t'a explosé la tête à ce point ?

1

Tout a peut-être commencé le jour où on t'a dit que tu avais passé l'âge de certaines choses. À l'avenir, il te faudrait ne plus en avoir envie, ou te contenter de t'en souvenir, en cachette. Sauf qu'incapable de t'y résigner, tu t'es mise à rechercher la compagnie d'autres personnes qui pouvaient encore se les permettre. Des personnes plus jeunes. Beaucoup plus jeunes que toi.

Appelons celle-ci Iris, pour sa ressemblance avec la fleur éphémère du même nom : haute hampe qui fleurit vite, et dont les deux ou trois pétales, légers comme de la gaze, presque transparents, dévoilent, en tombant rapidement, un cœur quelque peu obscène fiché en haut d'une tige sans vie.

Iris, alors âgée de dix-sept ans, était déjà avec quelqu'un de ton âge – trente à l'époque – quand elle a décidé de se pencher sur ton cas. Le fait que ce quelqu'un ait été Diane, ta meilleure amie, n'a rien empêché, ni pour elle ni pour toi. Sur ce principe qu'il y a des gens qui se traversent et d'autres qui se rentrent dedans, elle était venue te percuter, toi, ton équilibre et toutes tes certitudes. Forte de la violence que peut induire la quête d'absolu à cet âge-là, sa promesse visait un degré d'intensité auquel tu avais depuis longtemps renoncé, faute de croire que le ou la partenaire adéquate existe vraiment.

Son programme ne consistait en rien de moins que tout balancer pour partir jouer les Bonnie and Clyde sur les routes, pas forcément en flinguant des gens, mais en faisant en sorte de ne prendre que du bon temps. En clair, un aller simple vers l'enfer avec le *coup du siècle*. Bien sûr, sa consommation naissante de drogues en tout genre allait te faire redégringoler en bas de la pente que tu venais à peine de remonter, mais d'après elle, pourquoi lutter si fort contre ses démons quand il suffisait de leur donner les moyens de vivre...

Deux semaines après le début de votre liaison, il avait été décidé que tu te chargerais de mettre l'entourage au courant – entourage que tu partageais intégralement avec Diane. Tu ne t'attendais pas à ce que tout le monde sache déjà que vous couchiez ensemble, mais encore moins à avoir été abusée : jamais Iris n'avait eu l'intention d'aller où que ce soit avec toi. Perversion visant à rendre Diane jalouse, manœuvre dans le but de bousiller votre amitié, ou simple acte gratuit pour faire chier le monde – tu n'as jamais su. Ledit entourage avait alors jugé prudent de ne pas te soutenir, et si tu n'avais pas tellement souffert de cette désertion brutale, à côté de ça, il t'avait fallu plusieurs mois pour te remettre de la fin de cette histoire qui n'avait même pas eu le temps de commencer.

Qui aurait pu oublier facilement ? Quelqu'un qui transpire le sexe à ce point, ça n'existe qu'une fois par millénaire, et encore. La première nuit où vous aviez atterri sur ton lit, elle s'était assise sur ta bouche, à l'envers, pour bien te laisser voir les doigts qu'elle avait besoin de s'enfoncer derrière. Cinq minutes avant ça, quand tu étais allée faire pipi, elle était entrée en te suppliant de la laisser te lécher plutôt que de t'essuyer. Et quelques minutes encore plus tôt, en pénétrant chez toi, alors que vous ne vous étiez jamais touchées ni même embrassées, elle avait pincé les bouts de ses seins à travers sa chemise jusqu'à ce que ça lui tire des larmes de douleur. Elle avait dit : « Voilà jusqu'où je peux aller toute seule, emmène-moi plus loin. »

Mais il ne faudrait surtout pas penser que c'était simplement une grande malade. Loin de là. Tout ce que vous aviez déjà eu le temps de vivre en deux semaines, elle l'avait fait pour la première fois, et uniquement parce que c'était toi. Les mecs que vous aviez ramassés ensemble, ceux qu'elle s'était tapés contre son gré, ceux qu'elle s'était forcée à regarder le faire avec toi, ce n'était que parce qu'elle t'aimait. Certes, elle avait trop redouté d'être ridicule pour employer ce mot, mais elle l'avait formulé différemment : crever dans un an lui était complètement égal, du moment que d'ici là elle passait chaque seconde de chaque jour avec toi.

Elle n'avait rien d'une nymphomane. Elle ressemblait à n'importe quelle gamine de l'époque qui écoutait de la techno. Une môme aux cheveux courts ébouriffés, vêtue de vêtements unisexes, plutôt timide et renfermée même si on la croisait partout, totalement inconsciente de ce qu'elle dégageait. Quand elle s'endormait, elle n'était pas loin de sucer son pouce, et au réveil, elle venait se lover comme un bébé. En dehors des moments où vos parties de sexe basculaient vers des territoires inconnus, elle faisait simplement penser à un lionceau espiègle qui avait besoin de titiller sa mère, ou sa grande sœur. Ce n'est qu'en tombant amoureuse de toi qu'elle s'était découvert l'envie et le besoin de faire des choses extrêmes.

Du moins était-ce ce qu'elle t'avait fait croire. Et tu avais été assez stupide pour oublier que si Diane s'était intéressée à elle avant toi, c'est qu'il y avait bien dû y avoir une raison.

2

Durant les mois qui avaient suivi, tu avais donc plutôt eu du mal à laisser tout ça derrière toi. À plusieurs reprises tu avais essayé de la rattraper, mais si elle avait chaque fois confessé une attirance restée tangible, elle n'était jamais venue aux rendez-vous fixés, sans ensuite jamais s'expliquer ni s'excuser.

L'année suivante, tu avais fait preuve de la même faiblesse et essuyé le même résultat. Sur le moment, tu avais chaque fois eu l'impression de mourir de nouveau, puis, avec le temps, ça finissait par passer.

La deuxième année, au mois d'août, tu te trouvais à la campagne, dans la maison que ton père te prête chaque été, quand un numéro inconnu s'était affiché sur ton portable. Tu avais été difficile à amadouer, tranquillement allongée dans un transat avec un nouvel entourage dans une nouvelle vie. Diane venait de la quitter et tu ne voulais pas être une roue de secours. De plus, tu savais maintenant que tout ce qu'elle avait fait avec toi, elle l'avait aussi fait avec Diane avant. Surtout, tu avais trop changé pour être encore intéressée par la course éperdue qu'elle avait offert de vivre deux ans plus tôt.

Elle était toutefois parvenue à te convaincre que dorénavant elle voulait simplement une belle histoire, et cette semaine-là, il ne s'était pas passé un seul jour sans que vous vous appeliez. Quelque chose renaissait de manière fulgurante, et il allait sans dire que le week-end venu, quand elle se matérialiserait sur le quai de la gare, vous alliez rattraper le cours du temps et plus vite que ça. Mais le week-end, à mesure que les heures s'écoulaient, tu avais bien failli faire fuir ton nouvel entourage tellement tu devenais folle de ne pas la voir arriver. Encore une fois sans s'expliquer ni s'excuser.

Cet épisode est maintenant trop ancien pour que tu te souviennes comment, à ce moment-là, tu étais parvenue à te faire une raison. Sans doute t'étais-tu persuadée qu'elle n'avait plus la part d'innocence qui t'avait tant bouleversée. En deux ans, elle était passée de petite clubbeuse qui gobait des trucs çà et là à ex-toxico sous Subutex. Et chaque fois qu'elle avait appelé, toujours depuis une cabine du sous-sol de Châtelet-Les Halles, elle s'engueulait comme une poissarde avec des clochards alentour, car elle s'asseyait par terre sans faire gaffe à sa jupe qui remontait. Sans culotte en dessous. Comme quoi, avec le temps, les gens changent parfois au point d'avoir tout perdu de leur charisme. Ou peut-être on se dit qu'ils n'en ont jamais eu.

La troisième année, un soir d'hiver cette fois, tu te trouvais à Paris, quand tu avais reconnu ses sanglots avant même qu'elle se présente. L'explication tant attendue était crédible : à l'époque de votre rencontre, même si elle était déjà en pleine phase autodestructrice avec Diane, elle avait eu peur d'aller encore plus loin avec toi. Deux ans plus tard, quand elle avait failli venir à la campagne, ses problèmes de dope n'étaient pas réglés et elle avait redouté que tu la jettes. Elle avait préféré attendre et ne revenir vers toi que le jour où elle se sentirait prête. Son enthousiasme était désarmant en annonçant que ce moment était enfin arrivé. Sauf que. Tu étais désormais avec quelqu'un que tu adorais, et il n'était pas question d'y renoncer ou même d'y faire une simple entorse.

Tu n'avais pas encore emménagé avec ton ex, tu étais seule chez toi, tu avais donc pu discuter longtemps sans être dérangée. Près de trois heures. À chaque phrase que tu étais sur le point de formuler, tu avais pris la peine de réfléchir à comment on aurait dû te la dire à toi pour ne pas te briser le cœur. Plus une parcelle de ton être n'était réceptive à cette vieille histoire, et tu étais sincèrement désolée de la sentir si désemparée. En raccrochant, tu étais à ce point claire avec toi-même, tu n'avais même pas songé que la vie est mal faite, ou qu'elle a ça de juste qu'elle finit toujours par apporter des réponses, même trop tard.

Tu étais tellement bienveillante que les jours suivants, en apprenant par hasard qu'elle s'était déjà retrouvé quelqu'un, tu n'avais même pas levé un sourcil. Un peu plus tard encore, en entendant dire que sa phase Subutex avait de nouveau cédé la place à une bonne vieille dépendance, tu ne l'avais pas non plus jugée. Tout au plus avais-tu regretté pour elle qu'elle ne soit pas venue vers toi plus tôt. Tes propres problèmes avec l'héro étaient de l'histoire ancienne et tu aurais pu l'aider à se sortir des siens.

Tu avais tout de même songé l'avoir échappé belle. À son contact, tu aurais sans doute replongé. La promesse d'une telle complicité, avec elle en particulier, aurait été trop forte pour que tu puisses y résister. Tu avais donc eu de la chance, ni plus ni moins.

Sachant tout cela, une personne normale est maintenant en droit de se demander pourquoi, deux ans après son dernier appel et cinq ans après le début de toute cette merde, tu viens à ton tour de la rappeler.

3

Ce n'est pas la fin de ta propre histoire qui t'a poussée à cette aberration. Elle s'est terminée en avril et tu n'as décroché ton téléphone qu'en juin. Quiconque te connaît te sait trop immédiate pour mûrir un acte aussi longuement. Ce n'est donc qu'un concours de circonstances : tu étais à une fête à l'Élysée-Montmartre, tu t'emmerdais à mourir, tu étais sur le point de t'en aller, tu as entendu deux filles parler d'une Iris qui n'allait pas tarder, et si tu as décidé de rester, ce n'était que par curiosité.

Il serait juste de préciser – et tu y tiens – que ta première réaction a été de vouloir partir sans Magalie, la fille qui t'accompagnait, pour éviter de croiser Iris en t'attardant à la chercher. C'est petit à petit que l'idée d'attendre a germé dans ta tête. Magalie, complice sexuelle vers laquelle tu es souvent revenue en période de célibat, est un sosie proche de Monica Belluci, le genre à faire poser les couverts au restau. Iris n'avait jamais vu ton ex dont tu étais si fière, mais elle pourrait voir Magalie. On est toujours blême de réaliser qu'on est remplaçable, et poser les yeux sur Magalie suffit pour deviner à quoi ressemblent les nuits avec elle. Tu avais donc attendu, retenant Magalie près de toi une fois qu'elle t'avait rejointe. Mais au bout d'une heure, lassée de hocher la tête sur une musique qui te saoulait et de voir le bas de ton pantalon traîner dans des flaques de bière, tu avais fini par trouver grotesque de vouloir impressionner la petite Iris dont tu n'avais plus rien à faire.

Si tu es honnête avec toi-même, tu admettras toutefois deux choses. En commençant à descendre les marches de l'Élysée-Montmartre, tu avais la nausée à l'idée de tomber nez à nez avec elle en train de les gravir. Et une fois chez toi, quand Magalie s'est laissée glisser à genoux dans l'entrée pour ouvrir le bouton de ton pantalon, c'est aux cheveux d'Iris que tu as pensé en empoignant les siens.

Tu n'aurais jamais imaginé que son numéro de portable serait toujours le même. Toutes les dernières fois où elle t'avait appelée elle ne s'en était pas servie. Le samedi, tu as fouillé dans tes cartons et tu l'as retrouvé sur un ancien agenda. De nouveau nauséeuse, tu as écouté les sonneries se succéder puis, reconnaissant la musique de la messagerie qui n'avait pas changé non plus, tu as raccroché avant le bip, soulagée. Tu avais pris la peine de masquer ton numéro, tu enverrais un texto le lendemain.

À ce moment-là, ta vie était pour ainsi dire parfaite. Tu ne regrettais pas ton ex, vous aviez accompli le tour de force de devenir des amies. Hormis Magalie, tu étais de nouveau dans une phase hétéro, alternance habituelle, chez toi, après chaque fin d'histoire avec une fille, ce qui t'épargnait la quête immédiate et franchement décourageante d'en retrouver une qui pourrait te plaire. À côté de ça, tu travaillais sur un nouveau projet pour lequel tu avais perçu une somme faramineuse. Tu débordais d'énergie, ton appartement te plaisait, ta famille se portait bien, et tu étais entourée d'amis les plus sincères, fiables et chaleureux que tu aies jamais connus.

Le dimanche, dans ton texto, tu écrivis donc simplement que tu avais failli la croiser et que tu te demandais ce qu'elle devenait. Tu n'étais pas pressée qu'elle réponde. Pourtant, quand à l'heure du dîner elle ne l'avait toujours pas fait, tu envoyas un second texto, t'excusant d'avoir fait irruption dans sa vie sans qu'elle ait rien demandé. À peine eus-tu reposé le téléphone qu'il se mit à sonner, et tu cessas de respirer en attendant que ta messagerie s'enclenche.

Elle avait l'air d'avoir beaucoup changé. Elle restait toujours bien plus jeune que toi – maintenant vingt-deux ans –, mais elle n'avait plus sa petite voix plaintive d'oisillon blessé. Quelque chose de charmant et léger dans sa façon de dire qu'elle aussi serait ravie d'avoir de tes nouvelles. Quelque chose d'équilibré, d'assuré, une nouvelle maîtrise d'elle-même. Comme si maintenant elle avait une *vie*. En rappelant aussitôt, tu fus déçue de tomber à ton tour sur sa messagerie, mais tu parlas toi aussi d'une voix claire et enthousiaste.

Tu étais de bonne humeur, sacrément soulagée de ne pas t'être ridiculisée. En terminant par « à très vite », son intonation avait légèrement baissé, ne laissant pas de doute quant à la réciprocité. Allongée sur ton lit, tu te demandais donc ce que ça allait donner. Tu avais juste besoin d'une nuit. Ou de quelques jours. Une semaine disons. Le temps de te rassasier de ce dont tu avais été si brutalement sevrée. T'en rendre compte t'amena quand même à te demander comment, au cours des dernières quarante-huit heures, cet espoir avait pu germer dans ton cerveau et s'y installer sans que tu le voies venir...

Une semaine donc. Une simple parenthèse hors du temps. Chez toi, ailleurs, peu importe.

Allongée devant la télé, un tas de souvenirs remontaient du passé, et tes mains descendirent baisser ton jean. Tu revoyais la fois où ce type s'était garé à votre hauteur sous la pluie. Il voulait savoir si vous voudriez poser pour des photos, et comme vous refusiez de monter dans la voiture pour en discuter, vous vous étiez retrouvés sous un porche. Sans que tu te souviennes comment, vous aviez ensuite atterri dans l'arrière-cour de l'immeuble. Le type se branlait doucement pendant qu'Iris te roulait des pelles contre le mur. Ça t'avait rendue dingue qu'elle te demande si ça te plairait qu'elle le fasse à sa place, et tout en te mettant à la caresser elle aussi, tu avais observé, fascinée, sa main aller et venir sur la bite du mec, jusqu'à ce qu'il éjacule dedans et qu'elle l'essuie ensuite sur son pantalon à lui.

Une autre fois, vous étiez en boîte en même temps que Diane, vous aviez déjà commencé à vous voir en cachette. Vous vous étiez éclipsées aux toilettes, et comme un mec vous avait regardées y entrer, elle avait rouvert la porte pour l'attirer à l'intérieur. Elle t'avait alors demandé si tu avais envie qu'il te suce, et elle l'avait fait se mettre à genoux devant toi. Pendant qu'il s'exécutait, elle le tenait par les cheveux, et tour à tour, elle les lui caressait ou les lui tirait selon qu'il avait l'air de faire ça comme il faut ou pas. Puis en cours de route, elle l'avait remplacé avec sa main, en lui demandant de se branler devant vous, le plus lentement possible, pour que vous puissiez bien le voir se décomposer.

Une autre fois encore, dans un taxi, elle s'était mise à se caresser, faisant en sorte que le chauffeur n'en perde pas une miette dans son rétro. Quand il avait fini par se garer à l'abri des regards, elle lui avait alors fait signe de venir vous rejoindre. Les jambes écartées au maximum, elle lui avait donné pour consigne de la pénétrer de quelques centimètres seulement, et de rester comme ça, sans chercher à aller et venir. Toi tu avais les fesses au-dessus de son visage à elle, il pouvait voir sa langue s'enfoncer dans ton anus en même temps que tu te caressais, et le type avait carrément crié quand il avait fini par jouir sans même avoir eu à bouger.

Évoquer ça t'avait fait te mettre à quatre pattes, sans t'en rendre compte, comme pour revivre la chose. L'orgasme fut tellement fort que tu te laissas tomber à la renverse dans la couette. Il te fallut de longues minutes avant de reprendre tes esprits et de pouvoir te lever pour aller chercher un cendrier.

Allongée avec un bras sous ta nuque, tu étais sereine. Tu imaginais un port de Bretagne ou de Normandie aux premières heures du matin. Dans ton dos, la façade d'un petit hôtel encore plongé dans le sommeil, et dans une chambre, Iris endormie. Assise au bord d'un ponton, les jambes dans le vide, toi tu regarderais un bateau quitter le port suivi d'une horde de mouettes criardes, et ce bateau-là, ce matin-là, ce serait le début de ta nouvelle vie qui commencerait, rassasiée de cette histoire que tu pourrais enfin laisser derrière.

Mais ça ne s'est pas passé comme ça.

4

Pendant plusieurs jours tu crus à une fatalité : chaque fois que tu appelais tu tombais sur sa messagerie, et chaque fois qu'elle rappelait, tu dormais et la sonnerie ne te réveillait pas. Quand au bout d'une semaine tu finis par l'interroger, toujours par répondeurs interposés, elle donna une explication et tu ne compris pas qu'elle ne l'ait pas fait plus tôt.

Elle travaillait tous les soirs dans une boîte, elle faisait le vestiaire. Elle terminait tard et dormait ensuite toute la journée. Les seuls moments où on pouvait la joindre étaient entre quatre et cinq heures du matin, quand elle rentrait se coucher, ou entre dix-neuf et vingt heures, quand elle se réveillait pour retourner travailler. Elle ne te proposait pas de passer dans cette boîte, et tu n'avais pas envie de la revoir comme ça, assise derrière son comptoir alors que tu serais plantée là à ne pas savoir quoi dire. Tu suggéras donc qu'elle vienne après son travail, et elle accepta pour le vendredi suivant. Si elle débarquait chez toi en pleine nuit, ça ne laissait aucun doute sur la nature des retrouvailles. Du moins l'espérais-tu, car tu ne savais pas comment tu réagirais si elle s'installait sur ton canapé en te demandant de lui faire du thé.

Mais le vendredi matin, tandis que tu te lavais les dents, un détail auquel tu n'avais pas pensé surgit. Même si elle avait aussi cinq ans de plus, elle n'aurait toujours *que* vingt-deux ans, et il y avait de grandes chances que toi, elle te trouve *vieillie*. Jamais tu ne te remettrais d'entendre quelque chose comme « Ah non, désolée, mais là ça va pas être possible ». La bouche barbouillée de dentifrice, tu posas tes doigts sur tes joues pour étirer la peau vers les oreilles. Tes rides aux commissures étaient à peine visibles, mais quand tu riais, tu avais maintenant des plis aux coins des yeux. Et puis tes joues s'étaient creusées, ton nez avait comme rallongé et tes oreilles semblaient être descendues d'un cran. Tu étais toute pointue de partout, alors que cinq ans plus tôt tu avais encore une tête de bébé. Tu commençais à ressembler à ta mère, quoi. Elle connaissait ton âge, elle devait bien se douter qu'avec treize ans de plus qu'elle, tu n'allais pas en rajeunissant. Mais quand même...

Tu envisageas de laisser tomber. Disparaître aussi brusquement que tu avais réapparu. En même temps, au fond de toi, tu savais bien que tu ne faisais pas non plus ton âge. Tu allais plutôt envoyer un texto, remettre au lendemain, et le soir tu essayerais de voir Magalie. Reprendre confiance avant de faire le grand saut...

Quand le téléphone se mit à sonner à quatre heures du matin, tes mains tenaient les fesses de Magalie au-dessus de ton visage. À son arrivée, tu en avais eu envie comme les autres fois, mais cette sonnerie vint te rappeler à l'ordre et tu te sentis dégueulasse. Dans un de ses messages, Iris avait dit ne voir personne, et toi, à la veille de la retrouver, tu étais déjà en train de la trahir ? Le téléphone continuait de sonner mais les fesses au-dessus de toi n'étaient pas décidées à te laisser respirer. Tu continuas donc sans laisser voir que le cœur n'y était plus, accélérant un peu l'air de rien.

Une fois que Magalie roula sur le côté pour allumer une cigarette, tu pus enfin écouter le message. La petite avait eu un accident de scooter. Rien de grave, mais elle avait mal partout et préférait rentrer se coucher. Ça t'inquiéta, cependant tu n'osas pas rappeler devant Magalie. Elle, ça lui serait complètement égal, mais Iris entendrait à ta voix que tu n'étais pas seule. Pourquoi elle venait de décommander, alors que tu l'avais déjà fait plus tôt, et pourquoi à cette heure alors que l'accident avait eu lieu dans l'après-midi – aucune idée.

Quand le lendemain tu laissas un message pour prendre de ses nouvelles, elle ne rappela pas. Pareil le surlendemain. Puis plusieurs jours se succédèrent sans que jamais elle rappelle, et un matin, tu compris qu'elle avait de nouveau disparu.

Comment tu as pu, à ce moment-là, te faire une raison et passer à autre chose une fois de plus – tu voudrais foutrement bien t'en souvenir.

5

Début août, tu étais à la campagne quand la sonnerie de ton portable te réveilla à deux heures du matin. Tu te rappelles avoir été amusée de lire son nom dans le noir, avant de te tourner de l'autre côté pour te rendormir.

Le lendemain, en écoutant son message parmi d'autres, tu appris qu'elle était partie en vacances fin juin. À peine posées ses valises, sa première pensée était pour toi. Elle ne reprenait pas son travail avant septembre, elle avait désormais tout son temps et espérait te voir très vite. Ça te fit sourire, mais rien de plus. Avoir enfin une explication était agréable, mais tu te sentais de nouveau très loin d'Iris. Histoire d'être polie, tu rappelas toutefois en fin de journée. Pour tomber sur sa messagerie.

Si tu t'étais abstenue, les jours suivants elle serait sans doute ressortie de ta tête. Hélas, le fait de ne pas pouvoir la joindre éveilla un besoin d'y parvenir. Si bien que cette semaine-là, tu essayas régulièrement.

Au premier message tu riais, demandant si elle s'était déjà trouvé quelqu'un d'autre pour assouvir son envie urgente. Au message d'après, tu supposas qu'elle avait peut-être peur, et tu la rassuras. Peu importe ce qui se passerait ou non, tu avais juste envie de la voir. De plus, elle savait que la maison n'était pas loin de Paris, il y avait des trains toutes les heures, si elle n'était pas bien elle pourrait repartir quand elle voudrait. Au troisième message, tu restas aussi légère que possible pour souligner que son comportement était tout de même désinvolte. Puis la semaine prit fin et ta patience avec. D'un ton calme mais plein de venin, tu déclaras que tu n'avais pas que ça à faire de lui courir après. Visiblement elle n'avait pas changé. Ça commençait à bien faire ce cirque qui durait depuis cinq ans, cette fois elle était priée de ne plus rappeler.

Dans cette maison qui chaque année devient la tienne le temps de l'été, hormis les invités de passage, une de tes amies les plus proches, Stella, se trouvait avec toi pour tout le mois. Cinq ans plus tôt, elle avait été la première personne rencontrée après le cauchemar avec Iris, elle savait donc tout d'elle depuis le début. Stella comprenait pourquoi tu aurais aimé t'offrir une aventure avec la petite ici. Une belle maison, une piscine, des chevaux, la forêt juste derrière, tout ça était plus féerique qu'un appartement parisien. Mais pour Stella, tu n'avais rien perdu. Iris n'était qu'une banale petite intrigante qui vérifiait régulièrement l'étendue de son charme, et elle n'en revenait pas qu'après toutes ces années, tu puisses de nouveau te laisser abuser par tant de vacuité. Elle était en train de te dire ça, quand ton portable sonna.

Trop surprise pour répondre, tu laissas ta messagerie s'enclencher. Iris était repartie en vacances pour quelques jours, avec son père, et dans la précipitation elle avait oublié son téléphone. Elle était désolée de ce que tu avais pu penser, triste même. Elle se réjouissait de venir te retrouver à la campagne. Simplement, n'ayant pas imaginé que tu ne serais pas à Paris, elle avait accepté toutes sortes de rendez-vous et ne pourrait pas s'échapper avant le week-end.

Fais gaffe, marmonna Stella, tandis qu'en raccrochant tu exécutais une gesticulation bizarre en signe de victoire. Fais gaffe, je la sens pas cette gamine. Toi tu hochais la tête en disant t'inquiète. Mais à la seconde où tu avais entendu sa voix, tu avais su que cette fois tu étais foutue. Jusque-là, tu ne t'étais pas rendu compte à quel point tu avais envie de la retrouver, mais maintenant tu voulais juste qu'elle rapplique, et qu'elle reste.

Le bon sens aurait voulu que tu luttes contre ça. Que tu la laisses retourner aux profondeurs dont elle avait ressurgi deux mois plus tôt. Ces profondeurs dont elle remontait pour la troisième fois en cinq ans. Ton âge aurait surtout demandé que tu fasses un rapide calcul de tout ce qui allait bien pour toi et que tu n'avais aucune envie de voir s'ébranler. Malheureusement c'était trop tard. Tu te souvenais clairement de ta sensation la première fois que tu l'avais vue : tu avais manqué d'air. Et maintenant, elle n'était même pas encore là que tu suffoquais déjà.

Après le dîner, tu sortis donc t'isoler dans le jardin, tu appelas, et cette fois elle répondit. Depuis ton texto de juin, c'était finalement la première fois, et durant les premières secondes, ni l'une ni l'autre ne sut trop quoi dire. Vous commenciez vos phrases en même temps, vous interrompant au même moment pour laisser parler l'autre, occasionnant une succession de bégaiements qui finirent par vous faire rire. Exactement comme votre tout premier coup de fil cinq ans plus tôt. Ce matin-là où tu l'avais appelée, chez ses parents, après une fête où elle t'avait donné le numéro pour la joindre sans que Diane soit à côté. L'une comme l'autre aviez été troublées au plus haut point de vous retrouver à parler ensemble. À l'anxiété de l'interdit se mêlait un désir d'une telle fulgurance que, rapidement, vous aviez dû glisser une main dans vos pantalons, tant vous écouter ne serait-ce que respirer vous faisait perdre la tête.

Là ce fut toutefois différent, l'heure était au résumé des années qui venaient de passer. Tu as oublié les trois quarts de ce qui s'est dit ce soir-là, mais tu te souviens de deux choses. La première, c'est qu'elle avait longuement expliqué où elle en était dans sa tête. Elle s'était enfin sortie de l'héro, elle gagnait de quoi vivre en attendant de se découvrir une passion, il ne lui manquait plus que quelqu'un avec qui avancer. Après plein d'aventures sans lendemain depuis Diane, elle était enfin de nouveau prête à s'investir dans une vraie histoire, et elle voulait que ce soit avec toi. L'autre chose dont tu te souviens, c'est qu'en raccrochant tu t'étais allongée dans l'herbe, sur le dos, tu regardais la multitude d'étoiles dans le ciel couleur d'encre et, les bras en croix, tu murmurais merci, merci, merci...

6

Il était convenu qu'elle viendrait le vendredi en fin de journée. Mais dans la matinée, un texto t'indiqua que le samedi lui conviendrait mieux. Le samedi, un autre expliqua qu'elle devait aider sa mère pour du rangement, et qu'avec un rendez-vous de boulot le mardi, elle préférait venir à partir du mercredi. Tu ne te formalisas pas. Le long coup de fil de l'autre soir t'avait emplie d'une certitude inébranlable, et cette attente imprévue décuplait ton envie d'une manière certes pénible, mais infiniment délicieuse.

Le mercredi elle ne se manifesta pas. Le jeudi, quand tu finis par appeler en fin de journée, elle s'excusa, elle n'avait pas arrêté de courir et projetait d'arriver le lendemain. Mais le vendredi, à dix heures du soir, tu n'avais toujours pas de nouvelles et cette fois tu étais hors de toi. Tu étais en train de jurer qu'elle pouvait aller se faire foutre, quand ton portable sonna. Elle s'était couchée tard la veille et avait dormi jusque-là. Le temps de sauter dans un jean, elle serait dans tes bras dans deux heures. Le lendemain matin, elle préférait te le dire tout de suite, elle devrait repartir pour un rendez-vous, mais elle pourrait revenir le soir.

Tu commenças par rétorquer que tu en avais marre de ses conneries. Puis devant son insistance, tu lâchas que de toute façon, c'était ridicule de débarquer à cette heure, tu ne savais même pas s'il restait des trains. Autant qu'elle vienne le lendemain. Elle dit qu'elle comprenait que tu sois énervée, qu'elle serait là sans faute le lendemain. Tu lâchas un vague « fais comme tu veux » et tu raccrochas sans dire au revoir.

Stella marmonna que tu aurais dû la laisser venir. Peu importe qu'elle ait eu à se dépêcher et à se taper deux heures de train dans un wagon désert. Parfois il faut savoir se montrer égoïste.

Tu aurais dû, effectivement, car le lendemain tu n'eus aucune nouvelle, et cette fois tu ne pris même pas la peine de rappeler. Tu pleuras en te couchant ce soir-là. Chaque jour, tu avais fait défiler mille images, mille possibilités quant à la façon dont vous alliez vous retrouver, les premiers gestes, les premiers instants où vous auriez le souffle coupé... Une fois de plus, il allait falloir passer à autre chose. Comme si tu avais besoin de ça. Un nouveau deuil, quelques mois seulement après ta séparation. Rien que d'y penser, tu étais écœurée. Cette histoire de trois ans avec ton ex, c'était la meilleure chose qui te soit jamais arrivée. Ça t'avait changée sur un tas de plans. Avant elle, tu n'avais vécu que des trucs pourris. Depuis que c'était fini, tu t'étais juré de continuer sur ta lancée. T'interdire la moindre situation qui puisse te faire régresser. Ne jamais avoir l'impression que ces trois ans n'avaient pas existé. Eh bien tu étais servie.

Le dimanche, tu nageais quand ton portable sonna. Tu eus juste le temps de jaillir hors de l'eau avant que la messagerie s'enclenche. Elle captait tellement mal que tu dus t'enfoncer un doigt loin dans l'oreille pour essayer de déchiffrer sa voix hachée. Il te sembla comprendre qu'elle avait passé la soirée de la veille avec une amie dont le copain venait de se suicider. Elle allait rester encore une nuit puis venir le lendemain. Tu ne parvins pas à te réjouir en raccrochant. Une partie de toi était blessée, et ça ne disparaîtrait sans doute pas avant de te retrouver en face d'elle.

Lundi, mardi, mercredi, jeudi, tu eus beau appeler, elle ne répondit pas. Le vendredi, elle décrocha enfin. Elle était excédée. Elle avait prévu de venir le lendemain, mais tu l'exaspérais à ne jamais lui laisser le temps de rien. Tu lui demandas si elle plaisantait ou quoi, tu lui fis répéter qu'elle arriverait bien le lendemain, et tu lui raccrochas au nez.

Bien entendu, le samedi vint puis repartit sans elle.

7

Durant les dix jours qui suivirent, tu ne sais plus combien de messages tu laissas. Parfois tu criais, parfois tu restais comme absente. À certains moments tu parlais tout de suite, à d'autres tu raccrochais plusieurs fois avant de t'y résoudre. Parfois tu rappelais dans la foulée pour poursuivre le message, parfois ça tenait en deux phrases. Mais quoi que tu dises, l'ensemble était chaque fois lourd de reproches que tu énonçais non sans une certaine jubilation.

Manque de respect de te croire à sa disposition. Manque de courage de ne pas le dire si elle avait changé d'avis. Manque de constance si c'était le cas. Absence de politesse de ne jamais ou presque décommander. Absence de cœur de te laisser dans l'expectative. Sale conne, quoi.

La plupart du temps tu rappelais aussi sec pour t'excuser. Paniquée à l'idée d'être allée trop loin. D'avoir tout foutu en l'air. Peut-être tu étais trop pressée. Mais fallait qu'elle comprenne, elle ne pouvait que comprendre, ce n'était pas être pressée, avoir hâte que ça commence après cinq ans !

Chaque fois qu'elle était censée venir, tu avais dépensé des fortunes en nourriture, des tonnes de fraises, de framboises, de melons que toi et Stella finissiez par balancer faute de pouvoir tout manger avant que ça pourrisse. Tu avais lavé tes draps et nettoyé ta salle de bains. Tu avais annulé des tas de visites pour être tranquille avec elle. Tu avais monté le chauffage de la piscine à fond, ton père allait hurler en recevant la facture. Tu avais sommé Stella de se tenir prête pour aller à la gare. Chaque fois pour rien.

À mesure que le mois s'écoulait, Stella te couvrait d'un regard plein de tristesse de te voir habitée par la même détresse que cinq ans plus tôt. La même frustration de ne pas comprendre, une fois de plus, ce qui avait bien pu se passer. Tu étais tellement affectée qu'il n'était même plus question que quiconque vienne vous voir. Vous restiez toutes les deux, et Stella prenait son mal en patience pendant que du matin au soir tu analysais la situation depuis le début, repassant par les différentes étapes des cinq dernières années.

Tu te trouvais assaillie d'images sans pouvoir rien y faire. Une en particulier. La fois où vous étiez entrées dans un sex-shop boulevard de Clichy. Seulement deux jours après le début de votre aventure. Elle voulait acheter un double gode attachable, et devant la caisse, au moment de payer, elle t'avait demandé de l'essayer. S'assurer que c'était bien la taille qu'il fallait, ni trop gros ni trop petit. Comme ça, sans aucun préliminaire, sans vaseline, rien. Là, devant les deux ou trois clients qui feuilletaient des magazines, devant le vendeur. Son manteau relevé sur ses fesses, son jean baissé jusqu'à ses chevilles et toi qui la tenais par les hanches...

Cinq ans plus tard, ce n'était pas tant l'acte qui te hantait, mais le souvenir des clients autour qui, au lieu de se rapprocher, étaient restés à distance. S'ils avaient été tout près de vous, qu'ils l'aient touchée ou pas, ça t'aurait moins choquée. Savoir qu'ils étaient en train de regarder ça de loin, dans sa totalité, était bien plus dérangeant que s'ils avaient eu le nez dessus. Autant les autres fois les types qui avaient participé étaient juste un plus dans l'acte lui-même, autant là c'était de l'exhibition...

Il y avait de grandes chances qu'aujourd'hui elle continue à faire ce genre de choses. Excepté que toi, tu ne verrais plus jamais ses yeux se révulser. Tu ne sentirais plus jamais ses ongles agripper ta peau. Tu n'entendrais plus jamais sa voix suffoquée te supplier de ne pas t'arrêter. Et chaque fois que tu en prenais conscience, tu avais une boule dans la gorge.

De temps à autre, une journée parvenait à se terminer sans que tu aies appelé plus d'une fois. Mais certains jours, tu n'arrivais pas à te contrôler et tu essayais toutes les heures. Tu ne laissais plus de messages à ce stade, tu voulais juste qu'elle voie ton nom s'afficher. Personne n'est insensible à ce point. De même que personne n'a la patience de se laisser harceler comme ça, sans avoir besoin, au bout d'un moment, de dire au moins lâche-moi. Elle finirait par décrocher ou par rappeler, forcément.

Stella te fit part d'une théorie qui lui semblait plausible : la petite vivait dans l'instant, voilà tout. La nuit où elle avait appelé, elle avait dû sincèrement avoir envie de te voir, puis elle était repartie vers d'autres aventures. Stella te confia que, plus jeune, elle avait été comme ça pendant un temps. Elle appelait tel ou tel mec, puis s'il n'était pas disponible dans la minute, elle en essayait un autre, et quand le premier rappelait, elle laissait courir, quel que soit le nombre de messages qu'il pouvait laisser. Tu regardais Stella d'un drôle d'œil. Non seulement tu ne croyais pas un instant qu'elle ait pu être comme ça, mais le mécanisme de la chose t'échappait complètement.

Y a rien à comprendre, poursuivit Stella, elle est jeune, et tout le monde doit lui donner l'impression qu'elle peut avoir ce qu'elle veut quand elle veut. Quand c'est comme ça, on est dans son truc, les autres on s'en fout. Ou alors tu es une sorte de repère pour elle. De temps en temps elle a juste besoin de te savoir pas loin. Si sa vie depuis cinq ans c'est n'importe quoi, peut-être ça la rassure de savoir que tu lui trouves toujours quelque chose. N'oublie pas non plus qu'elle était dans l'héro pendant un temps. Donc c'est pas quelqu'un de très fiable. Et jusqu'à preuve du contraire, si ça se trouve elle est toujours dedans et tu ne le sais juste pas.

Tu n'avais pas imaginé cette possibilité. Qui expliquerait bien des choses.

Et si elle avait perdu son téléphone ! Ou se l'était fait voler ! Pourquoi n'y avais-tu pas pensé plus tôt ? Si c'était le cas, elle ne connaissait personne qui puisse lui redonner ton numéro de portable ! Stella te calma net : le numéro d'ici était dans l'annuaire.

8

Le mois d'août touchait à sa fin. À moins de rentrer plus tôt que prévu, il te restait encore une semaine à passer à la campagne. Tu avais fini par te calmer : son comportement était incompréhensible, mais pour ta part, tu avais dû la saouler à lui gueuler dessus sans arrêt. À ton retour, tu irais la voir dans sa boîte et les choses s'arrangeraient. Tu trouverais bien quelqu'un pour te dire où elle travaillait. Reste que tu aurais préféré la revoir ici. L'endroit s'y prêtait vraiment mieux que ton nouvel appartement parisien, spacieux mais rempli de cartons pas encore défaits depuis ton emménagement, en début d'année, après la rupture avec ton ex.

Tu décidas donc d'essayer une dernière fois. Tu avais prévu de laisser un message tout simple, proposant qu'elle vienne au moins le temps d'un déjeuner. À ta grande surprise, tu l'entendis dire merde pendant que son téléphone tombait, puis, allô ?

Tu restas bien une heure sur ton portable. Tu faisais les cent pas dans le jardin, tandis que depuis l'encadrement d'une porte-fenêtre, Stella ne cessait de te faire signe de raccrocher, d'arrêter ça tout de suite, de ne pas prendre le risque de lui faire de nouveau confiance pour ensuite la haïr une nouvelle fois dans trois jours.

Iris confessa être dépressive, au fond du trou ces derniers temps, et avoir préféré que tu ne la voies pas comme ça. Elle était sous antidépresseurs, et aussi encore sous Subutex, ce qui sans doute altérait sa notion du temps. Elle était également devenue insomniaque depuis un an. Même quand elle ne travaillait pas, elle s'endormait rarement avant le petit matin et n'émergeait pas avant le début de l'après-midi. Et puis elle vivait chez ses parents en ce moment, en banlieue. Pour venir jusqu'à toi, elle devait repasser par Paris et le trajet ne prenait pas deux heures mais quatre. De plus, elle savait que Stella était celle qui t'avait remonté le moral cinq ans auparavant, et elle était mal à l'aise à l'idée de se retrouver en face d'elle.

Le soleil se couchait sur la forêt, descendant lentement entre les cimes des arbres, et petit à petit, sa voix commençait à te calmer. Il y avait surtout une chose qu'il fallait que tu saches : elle détestait le téléphone. Elle ne vivait pas collée à son portable, il pouvait s'écouler des jours sans qu'elle le regarde, ou qu'elle pense à prendre le chargeur quand elle bougeait. Et le sien était franchement pourri, une batterie qui ne se rechargeait presque plus. Souvent, elle n'avait les messages que bien plus tard. D'ailleurs elle commençait à entendre la batterie biper, ça n'allait pas tarder à couper. Elle allait essayer de venir avant que tu quittes la campagne, sinon vous vous verriez dès ton retour. Elle regrettait vraiment de ne pas avoir répondu toutes les fois où tu avais appelé. Quand on est déprimé, même dire bonjour demande un effort.

Lorsque tu raccrochas, le soleil avait disparu mais le ciel bleu pâle restait strié de rose. Tu te laissas tomber dans un transat au bord de la piscine. La tension des semaines passées venait de se dissiper d'un coup et tu étais vidée. Stella vint s'installer à côté de toi.

Une fois que tu eus terminé de lui raconter, elle marqua un temps avant de parler, puis sans faire de commentaire, elle se contenta de récapituler en comptant sur ses doigts : déprimée, sous médicaments, dort le jour, a un téléphone préhistorique, a peur de tes amis, habite trop loin – *et puis quoi encore !* Tu fronças les sourcils. Mais non, la petite ne pouvait pas avoir menti.

9

Cette dernière semaine elle n'appela pas, et pour une fois, toi non plus. Il n'y avait plus d'angoisse maintenant, donc plus d'urgence. Et comme si elle te remerciait de l'avoir enfin laissée respirer, le vendredi soir, à la seconde où tu passas la porte de ton appartement, la sonnerie d'un texto retentit. Elle te souhaitait un bon retour et disait qu'être dans la même ville allait tout simplifier. Tu fus soulagée de voir que lorsqu'elle le décidait, elle pouvait se comporter normalement. Tu projetais de lui répondre une fois tes valises défaites, puis une chose en entraînant une autre, il était tard dans la nuit quand tu finis par aller te coucher, sans l'avoir fait.

Là encore, ton absence de précipitation porta ses fruits car le lendemain, en fin de matinée, ce fut sa voix qui te réveilla. Elle proposait que vous vous retrouviez pour prendre un verre.

Quelle idée aberrante. Te glisser sur une banquette en face d'elle n'était pas du tout ce que tu avais en tête. D'accord vous alliez avoir beaucoup à vous raconter, mais tu voulais commencer par ouvrir ta porte, ouvrir tes bras et qu'elle vienne se serrer contre toi. Et puis tu ne tenais pas à te montrer en pleine lumière, de nouveau l'appréhension de lui apparaître vieillie… Tu voulais aussi essayer de voir un coiffeur pour reprendre forme humaine après un mois de vacances. Tu prétextas donc un après-midi chargé et tu suggéras qu'elle rappelle le soir. Elle demanda si tu avais décidé de la faire courir pour te venger du mois d'août, reconnaissant que ce genre de stratégie fonctionnait assez bien. Elle riait. Vous veniez d'entrer dans la phase de séduction et ça te fit bizarre, tu n'avais pas pensé qu'il faudrait te montrer joueuse...

Tu avais oublié à quel point ce genre de petit jeu marchait à fond avec elle : le soir elle rappela comme prévu. Plus rien ne t'empêchait de la laisser venir. Tu avais pu faire tout ce que tu voulais et la nuit était enfin tombée. Pourtant, alors qu'elle attendait pour noter l'adresse, tu arpentais le salon sans rien dire. Tu écoutais les bruits qui l'entouraient, essayant de l'imaginer sur un trottoir. Tu avais beau être impatiente depuis un mois, tu te rendais compte que tu n'étais pas prête... Besoin d'un peu de temps encore pour te faire à l'idée. Étrangement, au cours de cette longue attente, tu n'avais pas une seule fois mesuré ce que sa venue signifiait : elle allait de nouveau être dans ta vie. C'était ce que tu avais toujours voulu, mais après toutes ces années, la perspective était déroutante... Pour gagner du temps, tu décrétas donc avec malice qu'elle n'avait pas encore assez attendu, qu'elle rappelle le lendemain. Elle murmura un salope des plus sensuels et raccrocha.

En plus d'être allée chez le coiffeur, tu t'étais fait les ongles des mains et des pieds, tu t'étais épilé les jambes et tu étais allée récupérer toutes sortes de choses mises au pressing-rapide. Mais à mesure que tu passais en revue ce que tu pourrais porter le lendemain, tu réalisas que la question soulevait un vrai problème. Ce n'était pas avec un mec ou une fille de ton âge que tu avais rendez-vous, c'était avec la petite Iris, treize ans de moins que toi. T'habiller de manière trop féminine risquerait de faire ressortir votre différence d'âge. Non pas que tu pourrais faire « dame », fallait quand même pas exagérer, mais tu ne portais plus du tout les trucs *street wear* dans lesquels elle t'avait connue. Comment savoir à quoi elle s'attendait ? À quoi ressemblait-elle, d'ailleurs, maintenant ? Tu ne savais pas grand-chose d'elle, finalement. Voire rien du tout.

Qu'aimait-elle comme musique aujourd'hui ? Tu n'avais plus aucun des CD écoutés ensemble à l'époque. Et si elle n'aimait pas tes DVD ? Ou ton appartement ? Que se passerait-il si vous n'aviez plus *rien* en commun ?

Le dimanche matin, quand sa voix te réveilla de nouveau, sa gaieté trahissait toute son impatience, et une sorte de malaise t'envahit à l'idée que seul le rejet permanent la garderait intéressée... Sa voix était couverte par un brouhaha pas croyable. Elle était entrée dans un café pour brancher le chargeur de son portable. Elle avait quitté tôt l'appartement où elle avait dormi quand la personne qui l'hébergeait était sortie. Elle lisait depuis quelques heures dans un jardin public, elle mourait d'envie de se recoucher, si possible dans tes bras. L'accueillir maintenant réglerait la question de ta tenue, il suffirait que tu lui ouvres en peignoir. Mais ton angoisse de la voir en plein jour restait trop forte. Tu répondis donc que tu espérais que son livre était bon car elle allait devoir s'occuper jusqu'au soir.

Tu craignais d'être allée trop loin, mais elle rappela docilement à la nuit tombée. Tu donnas l'adresse, tu expliquas comment venir, puis ce fut le moment de raccrocher. Tout comme toi, elle ne semblait pas y arriver. Tu répétais les indications que tu venais de lui donner, et elle, elle réfléchissait tout haut à quel chemin prendre. Tu finis par dire que tu étais pétrifiée, et elle avoua appréhender aussi. Tu t'attendais à ce que, comme toi, elle ait peur de ne plus te plaire, mais elle confessa l'inverse : elle redoutait que toi, tu ne lui plaises plus.

Dehors, la pluie crépitait sur le trottoir et les toits des voitures. Comme tu ne disais plus rien, elle demanda à quoi tu ressemblais aujourd'hui. Tu soupiras que tu allais lui poser la même question. Elle répondit qu'elle était devenue plus féminine, que ses cheveux n'étaient plus pareils et qu'elle portait des talons, environ dix centimètres. Elle serait plus grande que toi à moins que tu en portes aussi. Elle ajouta qu'à cause du temps elle se trimbalait un imper super moche.

Il allait lui falloir moins d'une heure pour arriver. En prendre conscience te fit bondir sur tes pieds, sans savoir par où commencer.

Il n'était pas question de la faire asseoir sur le canapé du salon, il faudrait aller directement sur ton lit, seul moyen de discuter sans qu'il y ait de gêne. En ouvrant, tu ferais donc semblant de regarder un film, et tandis que tu retournerais l'arrêter, elle serait bien forcée de te suivre dans la chambre où tout naturellement vous vous installeriez sur le lit. Les volets de la pièce étaient fermés. Fallait-il allumer une lampe ou se contenter de celle du salon ? Et la lumière dans l'entrée ? L'allumer serait embarrassant, mais ne pas le faire aurait un côté traquenard. Tu n'allais pas mettre de parfum, un truc que l'autre n'aime pas peut être rédhibitoire. Impossible aussi de reprendre une douche, elle saurait que tu venais de le faire rien que pour elle. Pareil pour les dents, pas question de sentir le dentifrice. Mais comment était ton haleine ? Et surtout, le simple jean et la simple chemise que tu portais depuis le réveil, sans soutien-gorge et pieds nus, est-ce que ça allait ?

Ton portable sonna, et tu te figeas à l'idée qu'elle annule. Elle riait, voulait savoir si tu lui avais donné un faux code pour être prévenue quand elle serait en bas. D'une voix blanche tu le lui redonnas. Tu perçus le mécanisme du vieil ascenseur qui s'ébranlait. Ton cœur battait à mesure qu'il grimpait en grinçant. Tu entendis la cabine s'immobiliser sur ton palier, la porte s'ouvrir et les battants de bois s'entrechoquer quand elle sortit. Tu retins ta respiration, espérant qu'elle allait te laisser encore un instant, mais le coup de sonnette retentit et tu te levas comme un automate. Surtout ne penser à rien, simplement ouvrir.

Tu fus incapable de la regarder, te contentant de fixer le sol en t'effaçant maladroitement pour la laisser entrer. Elle se défit aussitôt de son imper qu'elle plia rapidement et elle s'accroupit pour le poser avec son casque et son sac dont elle sortit des cigarettes. Quand elle se redressa, tu remarquas qu'effectivement elle était plus grande que toi et que ses cheveux étaient différents. Tu ne la reconnaissais pas, tout en la reconnaissant. Tu bredouillas que tu regardais un film et tu regagnas la chambre.

10

Tu es allongée avec deux oreillers derrière la tête, elle est assise en tailleur en face de toi. Des vagues de vertige te submergent déjà à l'idée que d'ici peu vos corps vont de nouveau se retrouver. Mais pour l'instant, tu savoures le jeu. Si ça l'amuse de te raconter dans le détail le film qu'elle a vu dans l'après-midi, pas de problème. Maintenant que ta gêne s'est estompée, tu peux prendre le temps de laisser courir ton regard sur elle.

Tu ne sais pas si tu la trouves plus jolie qu'avant, ou moins. Ce n'est pas tant qu'elle soit moins bien, c'est juste que dans ta mémoire elle était, comment dire, plus fraîche. Tu t'en souvenais comme d'une enfant, presque. Certes un peu torturée, toujours cachée derrière ses mèches qui lui tombaient dans les yeux, mais *vivante*. Des prunelles brillantes même si très noires. Des narines palpitantes même si quelque peu méprisantes. Une bouche frémissante même si invariablement boudeuse. Avec des dents éclatantes, et surtout des bonnes joues. Tu avais aussi gardé le souvenir d'un teint clair, lumineux, souvent empourpré, comme le rose qui afflue chez les ados en proie à une trop grande exaltation. Son corps t'avait aussi paru plus vigoureux, avec des épaules plus larges, une poitrine plus affichée et des attaches plus épaisses. Une allure plus robuste, en somme.

Là, des mèches lui tombent toujours dans la figure, mais c'est cette coupe Tony & Guy déstructurée devenue insupportable à force de voir tout le monde avec : mix de longueurs ultra effilées en escaliers qui donne l'impression qu'on s'est fait ça toute seule. La couleur te semble aussi trop noire pour être naturelle. Tu ne sais pas quoi penser de cet air Patti Smith ou Johnny Thunders que ça lui donne. Ses joues qui se sont creusées et ses lèvres devenues comme pincées accentuent également ce nouveau côté « rock ». Ses yeux ne s'écarquillent plus non plus dans un perpétuel étonnement, ils restent mi-clos et fuient régulièrement les tiens. Son teint est pâle, brouillé, et tu es sûre que cinq ans plus tôt, même quand elle faisait des excès, elle n'a jamais eu aussi mauvaise mine. Quant à son corps, il est encore plus mince que le tien. Là où toi tu es anguleuse, elle est carrément osseuse. Des poignets dont tu pourrais faire le tour entre le pouce et l'index. La moindre parcelle de graisse a fondu. Elle n'a visiblement plus ni seins ni ventre ni cuisses ni fesses.

C'est vrai qu'elle s'est beaucoup féminisée. Ses ongles de pied et de main sont faits, elle porte plusieurs bagues, et à chacun de ses gestes, ses avant-bras ruissellent d'une ribambelle de fins bracelets argent. Son jean de toile noir n'est plus unisexe, sa chemise noire moulante est ouverte sur ses clavicules, et la hauteur de ses talons échoués sur le parquet défie l'équilibre. Pourtant, elle n'a pas l'air d'une jeune fille pour autant. En fait, elle a à peu de chose près l'allure que tu avais au même âge. Créature longiligne et filiforme qu'on croise çà et là, la nuit, dont on ne sait rien et qu'on imagine vivant dans un univers souterrain peuplé de livres de Huysmans, de vinyles de Kurt Weill et de liaisons avec des guitaristes junkies. Et juste quand tu es en train de te dire ça, elle sort une cigarette qu'elle tasse vigoureusement sur le dos du paquet comme une vieille tox.

Voilà ce qui lui est arrivé. L'héro, tout simplement. Sauf qu'au lieu d'avoir laissé le souvenir derrière, tu vois qu'elle se vautre toujours dedans. Elle vient d'ailleurs de confesser en prendre encore une fois par mois, mais ne shooter que pour la blanche, donc rarement. À sa façon de sourire en le disant, ça crève les yeux qu'elle reste complètement fascinée par la chose. Là où elle te vexe, ce n'est pas tant en affirmant qu'elle « gère », mais plutôt en détournant les yeux comme si elle seule se comprenait. Te faire ce numéro à toi. Tu dois avoir un drôle d'air car elle avance la main vers tes cheveux pour les ébouriffer.

Par instants vous restez silencieuses, vous contentant de reporter votre attention sur MTV que tu as mis en fond. Tu en profites pour détailler son profil à la dérobée. Elle est finalement plus belle qu'avant. Elle est *elle*, quoi. Avant c'était juste un stéréotype ado. Bon, là aussi c'est une sorte de stéréotype. Le genre junkie dans toute sa splendeur. Mais étonnamment, malgré ce qu'elle a déjà traversé, elle dégage encore du mystère, si on peut dire : non pas le côté balbutiant et naïf des premiers pas, mais ce qui vient après, quand ça n'a pas encore commencé à merder et que la personne promène sur ce qui l'entoure un regard suffisant.

Tu es troublée car, au lieu de te mettre hors de toi, cette constatation t'excite. Tu vois déjà à quoi va ressembler le ballet de vos corps avec une nonchalance pareille... Comment est-il possible que ça te plaise de nouveau infiniment ? Ça faisait pourtant longtemps que ton faible pour le genre était derrière, que tu n'avais plus aucune complaisance pour ça. Cela dit, ce n'est que l'apparence qui te parle.

Car elle s'est levée pour se rendre aux toilettes, et tandis qu'elle tarde à revenir, tu commences à être mal à l'aise. Tu baisses le son de la télé. Tu n'entends pas de reniflement, mais tu ne perçois rien d'autre pour autant. Pas le froissement de la feuille de papier toilette, pas un bruit. Est-ce que ce silence total est normal ? Tu espères te tromper, sinon tu ne sais pas comment tu vas devoir réagir. Aimer son air de défoncée est une chose, qu'elle prenne régulièrement de la poudre en serait une autre...

Tu es assise en tailleur quand elle revient enfin, mais la seule lumière de la télé ne permet pas de distinguer la taille de ses pupilles. Elle s'allonge à plat ventre et s'absorbe dans un clip, ce qui te permet de scruter de nouveau son profil. Tu attends de voir si ses yeux se ferment tout seuls, si elle commence à piquer du nez, mais rien de la sorte ne se produit. Au lieu de ça, elle finit par tourner la tête et demander combien de temps encore tu comptes attendre. Comme tu fronces les sourcils, elle change de position pour se mettre sur le dos et, les mains jointes sous la nuque, elle reformule sa question : combien de temps encore avant que tu m'embrasses ? Tu sais bien que je suis timide, que jamais je pourrai faire le premier pas.

Timide ? ! Quoique, c'est vrai, elle l'était tant qu'il ne s'était encore rien passé entre vous...

11

Bien calée dans tes oreillers, tu l'écoutes te raconter ces dernières années. Elle ne veut plus vivre de relations fusionnelles. Avec Diane c'était à un tel point, que par la suite elle s'est retrouvée complètement perdue. Incapable de penser par elle-même, de savoir ce qu'elle aimait, qui elle était. Rencontrer Diane si jeune l'avait empêchée de découvrir ce qui lui était propre en fin de compte.

Ça lui a pris deux ans pour commencer à se construire, et elle ne veut plus jamais que sa vie soit de nouveau l'ombre de celle de l'autre. Elle a une trouille bleue de redevenir dépendante de quelqu'un. Mais avec toi, c'est pas pareil... Tu te redresses pour attraper une cigarette et elle saisit l'occasion pour foncer sur ta bouche, qu'elle rate. Tu restes stupéfaite qu'elle ait pris ce risque d'être ridicule, du moins à ses propres yeux. Tu hoches la tête pour dire je note que tu luttes contre ta timidité ! et tu te rallonges. Elle profite alors de ton bras qui s'ouvre vers le briquet pour venir se blottir contre toi.

Allongée de côté, elle garde les mains sous sa joue et les yeux clos. Fébrile, toi tu regardes le plafond et tu décides de jouer franc jeu : tu as toujours espéré la retrouver un jour, mais pour elle, qu'est-ce que tu représentes ? Toi ? elle murmure, relevant légèrement la tête d'un air étonné. T'es mon fantasme absolu : brune, grande, mince, douée dans ce que tu fais, et plus âgée, j'aime les gens plus âgés, ils ont vécu des trucs, ils ont une consistance. Tu fixes sa bouche un instant, te demandant combien de temps encore tu vas tenir avant de fondre dessus. Puis tu reportes ton regard au plafond, et elle repose sa joue sur ton épaule.

Tu n'arrives pas à percevoir l'odeur de sa peau. Tu ne sens que son parfum, un Guerlain ou un Bulgari, trop fort sur elle, mais qui lui va pourtant bien. Une sorte de décalage, comme le reste. Elle a des certitudes de jeune femme, mais encore plein de doutes d'ado. À la fois de l'assurance, et un grand manque de confiance en elle. De la maturité sur certains plans, et une parfaite naïveté sur d'autres. Mais ce qu'elle dégage, et qui te séduit de plus en plus, c'est ce nouveau calme absolu, ce côté posé, capable de silences. Tu sais que lorsqu'elle sera là, tu pourras travailler sans que jamais elle te dérange. Tu l'as regardée se lever pour aller aux toilettes, elle s'est déployée lentement, comme un chat. Les lattes du parquet n'ont même pas craqué sous ses pas.

Ça fait plusieurs fois qu'elle répète avoir faim. Tu as complètement oublié de penser à ça. Tu n'aurais que des pâtes à lui offrir, mais l'idée qu'ensuite vos bouches sentiront le parmesan, non, impossible. Alors tu réponds que tu es désolée, tes placards sont vides, tu n'as pas eu le temps de faire des courses depuis ton retour. Elle demande s'il n'y aurait pas un Pizza Hut qui livrerait encore à cette heure. Tu dis que non. Sans que tu comprennes pourquoi, tu serais trop mal à l'aise de manger avec elle. Elle se redresse pour te regarder : t'as même pas un paquet de gâteaux, des céréales ? Même pas, tu réponds en tirant sur sa manche pour qu'elle se rallonge.

Sur l'écran se succèdent des clips de rap. Les yeux toujours au plafond, tu l'écoutes passer en revue les groupes qu'elle écoute, les auteurs qu'elle lit, les réalisateurs qu'elle aime. Là, rien à voir avec toi au même âge. Tu fais remarquer que vous n'avez pas des masses de goûts en commun. C'est pas grave, elle rétorque en enfouissant un peu plus son visage dans ton cou, c'est pas essentiel. Au pire, si on n'arrive pas à s'intéresser aux goûts de l'autre, on sera complémentaires. Elle a décidément beaucoup changé. En même temps, pas tant que ça. Réfractaire à la fusion ? C'est pour ça qu'elle est collée à toi comme si elle voulait s'y fondre !

Tu as de plus en plus de mal à faire semblant de discuter tranquillement. Chaque léger mouvement de sa part propage une onde de désir qui te chavire le ventre. Mais tu restes imperturbable. Tout au plus, quand tu es sûre qu'elle a les yeux fermés, tu fermes aussi les tiens le temps de savourer, quelques secondes, la vague qui t'emporte. Tu refuses de précipiter les choses, elles n'en seront que plus intenses plus tard. Et puis tu veux que ça vienne d'elle. Tu en as assez fait ces derniers temps, à elle le premier pas quand elle n'en pourra plus.

Sa bouche est à peine à dix centimètres de la tienne. Elle fait mine de s'approcher plus, mais tu recules : attends un peu, ça sera encore plus fort après. Elle fait mine de réfléchir au concept de la chose, puis repose docilement la tête sur ton épaule.

Marilyn Manson apparaît à l'écran et elle se redresse pour s'asseoir. C'est toujours son groupe préféré. Une reprise de Dépêche Mode qu'elle n'a pas encore entendue. Tu montes le son, et tu détailles de nouveau son profil. Tu n'en reviens pas. Tu es vraiment sur le point de retrouver son corps. De la retrouver sexuellement. Le plus étrange, c'est que plus les heures passent, plus tu as finalement l'impression qu'elle a toujours eu ce corps-là. Ces os que tu vois pointer sous ses vêtements, au niveau de ses omoplates, de ses coudes, de ses genoux, il te semble déjà les connaître. Déjà les avoir effleurés, adorés, emprisonnés.

Le clip prend fin. Elle se penche pour prendre ses cigarettes de son côté, puis rampe au-dessus de toi pour attraper le cendrier. Elle reste comme ça le temps d'allumer sa cigarette, qu'elle porte à tes lèvres pour te faire tirer dessus. Tu sens à peine son poids en travers de tes cuisses. L'expression de son visage a changé. Tu sais que c'est dû au morceau qui vient de passer, à la violence que ça vient de déclencher dans sa tête.

À cet instant, elle est telle que tu l'avais prise en pleine gueule cinq ans plus tôt. Sourcils froncés, bouche entrouverte dans un rictus presque douloureux – une urgence que tu pourrais toucher du bout du doigt. On a généralement du mal à voir quelque chose dans des yeux noirs, mais là, c'est comme si un passage s'était ouvert. Tu vacilles au bord d'un gouffre d'une profondeur vertigineuse. Tu sais qu'à la seconde où ses lèvres vont toucher les tiennes, le sol, ou plutôt le matelas dans lequel tu es enfoncée, va s'ouvrir comme une trappe et tu vas tomber dans le vide. Je peux plus attendre, elle siffle entre ses dents. Et empoignant tes cheveux d'une main, elle remonte vers ta bouche.

12

Le lendemain, à l'heure du déjeuner, tu es au BHV avec ton ex. Chaque fois qu'elle s'arrête dans une allée, tu en profites pour t'appuyer où tu peux. Tu es crevée. Tu as la nausée d'avoir à peine dormi. Surtout, dès que tu n'y prends pas garde, des images puissantes te traversent, tout commence à tourner autour de toi et tu as la sensation que tes jambes vont se dérober.

Tu aurais pu annuler ces courses, ton ex ne t'en aurait pas voulu. Mais tu as préféré t'y tenir. Besoin que ta vie t'appartienne encore. Ne pas être penchée au-dessus d'Iris quand elle ouvrira les yeux. C'est ça en fait, tu t'es tirée de peur de trop en faire. Elle n'avait plus de cigarettes par exemple, et rien que pour ça tu as hésité deux heures. Elle serait exaspérée de se réveiller sans, mais tu ne voulais ni aller lui en racheter, ni lui laisser un double des clés. Pareil pour le café, elle a dit ne pouvoir s'en passer et tu n'en avais pas. Tu as fini par sortir acheter une cartouche pour toi, histoire qu'elle ne te croie pas descendue uniquement pour elle, et le café, tu as versé la moitié du paquet neuf dans la poubelle en collant un *post-it* disant que tu en avais retrouvé. Il va falloir que tu achètes une machine. Tu espères simplement qu'elle te le demandera avant que tu aies la faiblesse d'en prendre l'initiative.

Tu avances comme tu peux dans le magasin bondé. Ton ex s'arrête tous les trois mètres, et ce rythme-là t'épuise. Dès que tu t'immobilises, l'effort pour repartir est ensuite considérable. Tu voudrais qu'elle s'attarde au moins une fois devant quelque chose, afin de t'assoupir un peu, adossée là à un pilier. Mais elle repart, et tu te sens déjà tellement coupable de ton attitude que tu n'oses rien dire. En arrivant dans le magasin, ton vertige intérieur était un tel délice que tu te laissais porter, les yeux mi-clos. Une onde de désir t'explosait le ventre à chaque image de la nuit que tu ravivais et te sentir habitée à ce point te donnait une sorte de sentiment de supériorité sur les autres. Y compris ton ex, légère et tranquille dans sa petite vie de célibataire, à des années-lumière de ta nuit furieuse.

Maintenant, tu donnerais juste cher pour sortir prendre l'air. Tu as beau ne porter qu'un pull léger, tu tires sur le col pour l'écarter de ta gorge. Tu n'as rien mangé depuis le matin, mais les vagues de nausée sont si fortes que tu te demandes si quelque chose ne pourrait pas quand même remonter. En plus de ton trouble, la chaleur de l'endroit et le fait d'être à jeun décuplent ta fatigue. Mais tu sais qu'au-delà de tout cela, une angoisse sourde ne demande qu'à faire table rase de ce à quoi tu te raccroches. Car les images du réveil tentent de balayer celles de la nuit.

La façon dont elle s'est mise à grincer des dents. L'odeur aigre qu'elle dégageait. Et puis la profondeur de son sommeil. Apparemment aucune conscience de ton corps venu se blottir contre le sien. Quand tu as fini par te lever, n'en pouvant plus d'entendre ses dents grincer, elle ne s'est pas tournée pour te chercher, se rapprocher de la place encore chaude que tu venais de quitter. Au cours de la matinée, tu es venue à plusieurs reprises sur le pas de la porte, et pas une fois elle n'avait changé de position. Elle dormait sur le dos, un bras replié sous sa tête, le visage de côté. Pas pelotonnée dans la couette. La nonchalance de sa position laissait supposer un certain abandon, mais elle donnait plutôt l'impression de s'être échouée n'importe où sans s'en soucier, et d'en être coutumière...

Vous êtes dans la voiture avec ton ex, garées rue Cambon, à proximité de Lina's où vous êtes allées chercher des sandwichs. Ton ex dévore mais toi tu mâches comme si tu avais du plâtre dans la bouche. Ton ex est de bonne humeur, drôle, sublime comme toujours, à l'inverse de toi qui te sens sale, exsangue. La vue de ses dents éclatantes qui mordent dans le pain te fait revoir Iris en train de grincer des siennes, les lèvres pincées dans un rictus agacé...

Vous êtes chez Leroy Merlin. Tu regardes régulièrement ton portable. Il est quatorze heures, maintenant elle doit être réveillée. Que s'est-elle dit à la vue des cigarettes près du lit ? Et le *post-it* sur le paquet de café ? As-tu bien fait de ne rien écrire d'autre, ou était-ce désinvolte ? Éprouve-t-elle un immense soulagement en voyant que tu vas prendre soin d'elle ? Ou étouffe-t-elle déjà ? Son scooter noir sera-t-il toujours garé en face à ton retour ? Est-ce normal qu'elle n'appelle pas à son réveil ?

Vous êtes chez Darty, et là tu commences enfin à t'animer. Parce que tu es dans l'allée des machines à café. Ton ex fait comme si elle ne remarquait rien, mais tu sens qu'en dedans elle bouillonne. Elle sait très bien que tu ne bois pas de café et elle doit trouver grotesque que tu veuilles acheter ça pour la petite dès le lendemain de vos retrouvailles. Quand elle te voit t'arrêter plus longuement devant un modèle super design à quatre cents euros, elle abandonne sur un rayonnage ce qu'elle avait dans les mains et elle se dirige vers la sortie.

Tu cours derrière elle sur le trottoir, tu répètes que tu es désolée. Elle finit par faire volte-face. Elle veut que tu lui dises ce qui se passe, ce que c'est que ce bordel. Si tout le temps où tu as été avec elle, tu attendais juste que la petite revienne. Si elle n'a été qu'une sorte de parenthèse. Tu réponds que non, ça va pas la tête ! Alors quoi ? Tu voudrais lui expliquer. S'il y a bien quelqu'un à qui tu n'as jamais rien caché, c'est elle. Mais qu'est-ce que tu peux dire ? Que sans savoir pourquoi, cette gamine te tient comme personne ne t'a jamais tenue ?

13

Ce soir-là, en t'installant pour dîner devant un film, tu es enfin sereine comme tu ne l'avais pas été depuis le début de tout ça.

À la lueur de bougies, tu as pris un bain parfumé à la fleur d'oranger. Tu t'es fait un masque à l'argile, un peeling au gant de crin et tu as nourri tes cheveux d'un baume au chèvrefeuille après les avoir soigneusement lavés. Ensuite, assise sur le rebord de la baignoire, enroulée dans une serviette grande et épaisse qui sentait bon le propre, tu as appelé ton ex pour discuter, effacer le souvenir de cette fin de journée. Puis tu as changé les draps et préparé à dîner. La chemise de nuit que tu portes – et qu'on appelle nuisette, ce qui te fait rire – est blanche, en coton, Petit Bateau tout simplement. La couette sous laquelle tu viens de te glisser est fraîche, et l'ensemble de toute cette propreté immaculée te donne l'impression d'être une petite fille qui, le soir venu, ayant échappé aux mains de sa mère après le bain, s'élancerait dans les prés dans le couchant de l'été, en proie au ravissement de se sentir propre comme un sou neuf...

Bon, tu es consciente d'être un peu ridicule et plus très loin du gravage de cœurs dans les troncs d'arbre, mais tu t'en fous.

Tu vas te délecter d'un gros steak avec des pommes de terre sautées et t'absorber dans un film. Le fait d'avoir l'estomac plein te rendra bientôt somnolente. Tu lutteras alors mollement quelque temps, pour le seul plaisir de mieux t'abandonner plus tard, et tu sombreras comme ça, à moitié assise, en n'ayant plus qu'à tendre le bras pour éteindre la lumière.

Dès qu'une image de la nuit dernière se forme dans ton esprit, celui-ci la rejette. Besoin de t'éloigner un peu de ça pour retrouver une sorte de calme intérieur. Le mot d'Iris est rangé dans un tiroir de ton bureau. Tu ne l'as lu qu'une fois mais tu le connais déjà par cœur : « J'aurais aimé te trouver là à mon réveil. Faute de pouvoir passer la nuit avec toi, je la passerai avec le souvenir d'hier. À très vite. Iris. Merci pour tout... »

Il était posé sur ton lit, qu'elle avait refait. Toi tu es du genre à laisser des mots et à remettre un lit en ordre, mais elle... Ça t'a surprise que son écriture soit toujours aussi infantile, complètement penchée à gauche, mais tu ne t'es pas attardée là-dessus. Elle a écrit sur une feuille d'un de tes blocs, avec un de tes crayons à papier. Tu avais eu tort, au réveil, d'être blessée de la sentir en visite. Tant qu'on ne s'est pas déjà abandonné quelque part, il est impossible d'y prendre ses marques. Il fallait attendre qu'elle émerge de cette première nuit. Décider de fouiller dans tes tiroirs, plutôt que d'avoir recours à un stylo et un bout de papier qu'elle devait forcément avoir au fond de son sac, c'est enfin un début. S'ouvrir à ce qui est à toi au lieu de se replier sur ce qui est à elle, c'est un signe d'intégration dans ton quotidien.

Reste que ça t'a fait bizarre, en rentrant, de ne plus voir son scooter sur le trottoir d'en face. Comme si elle était déjà *repartie*. Déstabilisant, aussi, qu'elle n'ait pas encore répondu à ton texto lui souhaitant une bonne nuit. Mais malgré ça, ce soir tu sais que cette histoire commence enfin.

14

Il est quatre heures de l'après-midi et tu es en train de te déshabiller pour te coucher. Tu ne sais pas comment une chose pareille est possible, mais le fait est que tu aplatis un oreiller et que tu te recroquevilles.

Toute la matinée tu as pris sur toi. Tu as travaillé comme tu as pu. Tu regardais l'heure régulièrement mais tu te retenais d'appeler. De toute façon elle n'aurait pas répondu, la sonnerie de son portable ne la réveille pas. Tu l'as bien vu hier, chaque fois qu'il sonnait, elle ne bougeait pas d'un millimètre. Hier ? Seulement hier ? Tu as l'impression qu'il y a une éternité.

Au bout d'un moment tu as fini par aller te poster devant la fenêtre. Reporter ton attention sur n'importe quoi, t'absorber assez longtemps pour qu'en relevant les yeux, l'heure ait un peu tourné. Mais tu ne pouvais t'empêcher de fixer le trottoir d'en face, là où son scooter n'est plus.

Puis il a été quatorze heures, moment qui correspond à son réveil d'après ce qu'elle a dit, et ça a été terminé. Incapable d'autre chose que de faire les cent pas, ton portable à la main, à le regarder, à attendre qu'il sonne. Tu avais beau essayer de t'asseoir deux secondes pour te ressaisir, ça repartait de plus belle. Tu calculais : le temps de s'étirer, sortir du lit, préparer son café, le boire, fumer sa première cigarette, aller prendre sa douche, discuter avec sa mère ou sa sœur si elles étaient dans la maison. C'était il y a deux heures. Maintenant il est plus de quatre heures et tu ne comprends pas ce qu'elle fout.

Tu as essayé d'appeler trois fois ces deux dernières heures. Si tu n'as pas laissé de message, c'est uniquement pour le principe, ne pas capituler complètement, t'appartenir encore tant bien que mal.

C'est ridicule, tu le sais. Ne pas avoir répondu à ton texto de la veille ne signifie pas qu'elle s'en fout. Elle était là hier, elle a laissé un mot adorable. Elle va se manifester. Personne ne change d'avis en vingt-quatre heures. Personne. Et puis tu n'as pas quatorze ans bon sang, c'est pas ta première histoire tout de même. Mais elle est insomniaque, elle avait toute la nuit pour te répondre. De même qu'elle aurait pu appeler. Le faire à n'importe quelle heure ne lui a jamais posé de cas de conscience.

Tu n'arrives pas à respirer. Ce n'est pas que les images de l'autre nuit reviennent de nouveau. Ce n'est pas sexuel. Enfin si, la folie de la chose continue de te faire perdre pied. Mais ce n'est pas tout. C'est la peur de te perdre là-dedans. Car tu le sens, ce sera toujours comme ça. Quoi qu'elle te donne, tu seras toujours en deçà d'elle. Toujours dans l'attente, dans le manque.

Tu t'es couchée dans l'espoir de dormir. Que ça se dissolve dans le sommeil, comme les siestes qui délivrent des maux de tête. Mais le sommeil ne vient pas. Alors tu restes sans bouger, en boule, la couette par-dessus la tête. En retrait. Comme si tu espérais que, ne te voyant plus, l'angoisse passe son chemin. Tu finis par te relever pour aller prendre un Xanax faute d'avoir des somnifères.

Tu es sur une balançoire impossible à arrêter. Tu as beau essayer de freiner avec tes pieds, tu gagnes sans cesse de la hauteur. Au loin, une alarme de voiture devient de plus en plus stridente. Tu ne vois pas de voiture mais le son déchire tes tympans. Tu finis par sauter de la balançoire et ta tête heurte le sol. Tu viens de cogner dans le mur en même temps que tu réponds à ton portable.

Sa voix est joyeuse, innocente. Elle dessinait dans sa chambre, la musique était trop forte pour entendre le téléphone. Elle regrette de ne pas être chez toi, elle adorerait dessiner sur ton lit pendant que tu travailles à ton bureau. Elle aime bien ton vieux bureau en bois. Elle aime bien ton appartement. Elle t'aime bien toi. Tu te racles la gorge, ah ben alors si tu m'aimes bien ! Mais non, elle corrige, c'est pas ce que je voulais dire. C'est juste qu'avant d'en dire plus, je veux être sûre, je veux faire ça bien cette fois.

Tu pousses un long soupir, et tu passes à la confession : journée horrible à douter. Pourquoi, parce que j'ai pas appelé plus tôt ? C'est pas parce que j'appelle pas que je pense pas à toi. J'aime pas le téléphone, je te l'ai dit, mais c'est pas pour ça que t'es pas dans ma tête. On va être bien, tu sais. Je croyais que ça m'arriverait plus, mais c'est en train d'arriver de nouveau et je suis super heureuse. On est quoi demain, mercredi ? Tu es libre demain soir ? Alors je viendrai demain.

Telle l'explosion des réservoirs d'eau sur le toit de *La Tour infernale*, ces simples phrases ont éteint un à un les étages en feu de ton pauvre cerveau. Maintenant tu es juste hébétée. Il n'est que cinq heures, tu devrais te relever pour retourner travailler. Mais tout ça t'a pris tellement d'énergie que tu te rendors.

15

Le mercredi, au moment où tu te glisses dans ton bain, tes épaules tirent et tes yeux pleurent d'être restés une dizaine d'heures devant l'ordinateur. Tu aimes cet état, c'est le signe que tu as fait ce que tu avais à faire. Tu voudrais croire que tu es de ces gens pour lesquels travailler coule de source, mais ce n'est pas le cas. La moindre contrariété, le moindre accès de flemme, la moindre allégresse ont tendance à te plonger dans la contemplation de toi-même. Tu es donc fière de constater que pour une fois – pour la première fois peut-être – l'image que quelqu'un a de toi te pousse à donner le meilleur de toi-même.

Maintenant tu es crevée et ça tombe mal qu'Iris vienne ce soir. Cependant tu te dis qu'à la seconde où tu ouvriras la porte, la fatigue s'évanouira. Tu ne sais pas vers quelle heure elle compte arriver, tu n'as pas appelé de la journée, mais tu as acheté de quoi dîner, même si tu restes réticente à l'idée de manger devant elle. Tu as aussi trouvé le temps de graver un CD de MP3. Tu aspirerais plutôt à t'endormir devant un film, mais dès que retentiront les premières mesures du CD, l'urgence de la chose s'imposera. Quelques Marilyn Manson, Nine Inch Nails, Bowie période *Outside* et *Earthling*, ces mêmes morceaux que vous écoutiez il y a cinq ans. Il vous faut ça pour vous retrouver. Tu ne saurais dire pourquoi c'est de nouveau là que ça se passe. Tu l'as simplement vu l'autre soir, quand le clip de Manson est passé. Ce genre de son décuple ce qu'il y a entre vous. La lourdeur, la profondeur, la sensation d'étouffement, la sauvagerie qui en transpirent et vous englobent vous font vous jeter l'une contre l'autre.

Rien que de te sentir nue dans la baignoire, tu pourrais te caresser en pensant à elle. Mais après tu aurais envie de dormir... Tu es en train de te sécher quand le signal d'un texto retentit. Tu n'as pas besoin d'aller regarder pour savoir que c'est elle, qui annule. Tu prends ton temps pour rincer la baignoire, remettre les produits à leur place. Puis au lieu d'aller enfiler les vêtements propres étalés sur ton lit, tu décroches ta nuisette derrière la porte de la salle de bains.

« J'ai trop mal au ventre. Je rentre me coucher. N'appelle pas, je ne veux pas parler. »

Elle avait dit être sur le point d'avoir ses règles, ce qui chaque fois la plie en deux. Mais « je ne veux pas parler », c'est brutal, non ? Tu prends toutefois sur toi en rédigeant la réponse, lui souhaitant de se reposer.

Tu es écœurée, elle n'a même pas dit qu'elle était désolée. Tes yeux se posent sur la minichaîne. À travers le capot vitré du lecteur vertical, tu vois ton CD gravé. Tu songes à aller prendre le vibromasseur dans le placard. Les images de l'autre nuit continuent de t'assaillir et en faire quelque chose te détendrait... Ça calmerait ta déception, ou du moins, ça précipiterait ton envie de dormir et t'épargnerait de passer la soirée à te prendre la tête. Mais tu n'en as aucune envie. Alors tu te relèves pour aller te préparer à dîner. Même si tu n'as plus très faim, il y a tous ces plats de traiteur italien que tu as achetés et qui ne se gardent pas...

16

Au réveil le jeudi, en voyant ton texto resté sans réponse, tu te rendors. Tu as beau penser que pour une fois elle a dû se coucher tôt, tu lui en veux de ne pas avoir trouvé deux secondes pour envoyer deux lignes.

Au réveil suivant, en constatant qu'il est midi passé, tu es anéantie. Depuis toujours, tu dois te mettre au travail dès le matin. Tu n'as jamais pu t'expliquer pourquoi, mais si tu n'as pas la journée entière devant toi, une chape de plomb te tombe dessus et tu restes à regarder la journée filer sans trouver le moyen d'entrer dedans. Tu te sens alors comme paralysée, et à mesure que les heures passent, le dégoût qui te submerge devient si palpable, si épais, visqueux, gluant, que tu te retrouves empêtrée sans savoir comment t'en défaire. Même tendre la main pour allumer la télé demande un effort que tu ne peux fournir.

Dans ces moments-là, tu as l'impression d'être aux prises avec ta vraie nature, à savoir une merde. Une merde incapable, qui ne mérite ni la confiance qu'on place en elle, ni l'argent dont on la couvre grassement, et les gens s'en rendront bien compte un jour, ce n'est qu'une question de temps.

La promesse de cette dégringolade est toujours aussi certaine que la première nausée pour qui souffre du mal des transports. À peine ça se profile, on sait que ça va s'installer et à partir de là rien ne sert de lutter, il faut attendre que ça passe.

La seule chose que tu arriveras à faire, dans le courant de l'après-midi, sera de renvoyer un autre texto. Ça te prendra des heures, car tu emploieras le peu d'énergie que tu auras à essayer de trouver des mots qui ne trahissent pas ton état. Quelques mots pour simplement dire est-ce que ça va mieux, est-ce que tu veux venir ce soir ?

Ton entourage le plus proche connaît cet abîme dans lequel tu peux te laisser glisser. Tes amis l'entendent à ta voix, au premier mot que tu prononces quand ils t'appellent. Depuis le temps que ça t'arrive, tu sais très bien que plus tu restes à mariner là-dedans, plus il te sera ensuite difficile d'en sortir. Le soir, tu as donc fait l'effort d'aller dîner chez Stella. Tu n'as accepté l'invitation qu'à la dernière minute, au cas où Iris se manifesterait. Vous venez de sortir de table quand un texto arrive. En bondissant vers ton portable, resté dans ta veste car Stella n'en voulait pas pendant le repas, tu cherches déjà quoi inventer pour t'éclipser.

« J'ai repris le taff là. Je bosse aussi demain et samedi. Ce sera plus simple de se voir la semaine prochaine. Peux pas appeler, ça capte pas ici. Je pense à toi et préférerais être ailleurs. »

Tu ne sais pas ce qui t'envahit en premier : la panique ou la fureur. La semaine prochaine, ça peut vouloir dire n'importe quand et pas forcément dès lundi. Et d'abord, en quoi le fait de bosser l'empêche de venir dormir chez toi après ? On a beau essayer de te faire rasseoir, tu vas t'enfermer dans une autre pièce.

Tu sais qu'elle ne va pas pouvoir répondre si elle ne capte pas, mais elle écoutera plus tard et elle ne va pas être déçue. Au premier message, tu cries qu'elle ne peut pas sans arrêt te faire ça, tu as une vie, bordel ! Au deuxième, tu dis qu'elle te prend vraiment pour une conne et qu'elle se plante gravement si elle croit que tu es ce genre de fille. Au troisième, tu lâches que tu en as marre de ses conneries, c'est même pas la peine qu'elle rappelle. À chaque message, tu es tellement insatisfaite de tes mots ou de ton intonation que tu effaces maintes fois pour recommencer, si bien que tu finis par ne plus savoir ce qui est resté. Excédée, tu envoies un texto disant de ne même pas écouter les messages, qu'elle aille se faire foutre, c'est tout.

Quand tu reviens dans le salon, tu ne cherches même pas à dissimuler ce que tu ressens. Tu as les larmes aux yeux en te laissant tomber sur le canapé. Tout le monde est désolé pour toi. Il y a là Stella, son fiancé, un autre couple, et ton ex. Tous sont au courant du phénomène Iris. Tous pensent que tu es folle de l'avoir laissée revenir dans ta vie, mais personne ne dit rien. Tu es tellement abattue que tu ne dis rien non plus, tu passes simplement ton portable à Stella pour montrer le texto. Elle se hasarde à faire remarquer que la dernière phrase rattrape la désinvolture des premières. Tu protestes fermement : même pas tourné de manière affectueuse. Hier c'était « n'appelle pas, je veux pas parler » et aujourd'hui ça ? Tu te relèves, tu ramasses ta veste, tu esquisses un vague geste de la main et tu te diriges vers la porte.

Ton ex te rattrape dans l'entrée, elle te demande si ça va aller. Tu n'oses même pas croiser son regard. Tu n'en reviens pas de te comporter de cette façon devant elle. Tu sens bien que les choses vont aller en empirant, qu'elle va finir par te trouver pitoyable et que ça vous séparera. Et rien que cette perspective te fait haïr Iris de tout ton être.

En arrivant chez toi, tu entres sans allumer, tu vas dans la salle de bains, tu prends un Xanax que tu avales sans eau, puis devant ton lit, tu ne retires que tes chaussures et tu remontes la couette sur ta tête. Des images de l'autre nuit continuent de se télescoper mais là ça t'écœure. Tu t'es fait baiser. Y a rien d'autre à dire.

Alors demain, tu te lèves, tu te remets au boulot, et la petite Iris : terminé.

17

Mais le lendemain matin, en relisant le texto, tu te rends compte que tu as merdé. Au lieu de noter tout ce qui manquait, tu aurais dû relever ce qu'elle avait fait l'effort de dire. Elle déteste le téléphone, tu le sais, et écrire des textos revient au même. Alors tu rappelles, priant pour qu'elle ne réponde pas, qu'elle ne soit pas réveillée. À ton grand soulagement ça sonne jusqu'à ce que la messagerie se déclenche. Tu t'efforces de ne pas laisser paraître ton inquiétude : tu es désolée pour tous tes messages de la veille, tu as dérapé parce que tu ne comprends rien. Vous devez mettre les choses au clair. Si elle veut juste te voir de temps à autre, qu'elle le dise. Une aventure te conviendrait aussi bien qu'autre chose, tu voudrais juste savoir à quoi t'en tenir.

Évidemment tu n'en penses pas un mot, mais bon, il fallait bien alléger.

Tu as tellement la trouille, que lorsque ça sonne, à sept heures, tu ne décroches pas. C'est un malentendu : elle a su au dernier moment qu'elle devait travailler. Si elle n'a pas cherché à te parler, c'était pour ne pas avoir les boules, elle non plus. Elle ne veut pas d'une simple aventure, elle veut une vraie histoire. Tu dois lui faire confiance et te montrer patiente. Elle ne s'attendait pas à reprendre le boulot avant la fin du mois. Elle rappellera après son service, vers quatre heures du matin. Elle espère que tu ne lui en voudras pas si elle te réveille et que tu répondras.

Soulagée, le soir tu vas à une fête. Dans un club de strip-tease, près des Champs-Élysées, une centaine de personnes se pressent pour la sortie d'un magazine. Tu as rendez-vous avec des gens mais tu ne les cherches même pas. Autour de toi ça jacasse, ça se bouscule, ça apostrophe les strip-teaseuses qui se contorsionnent sur le comptoir au ras des bouches qui attendent pour commander. Dans la salle, il y a un type qui t'a toujours intriguée. Il y a aussi Ariel avec lequel tu avais une aventure avant l'été. Et puis un tas de filles vraiment jolies. Dont une en particulier, là que pour toi parce qu'on lui a dit que tu viendrais, et avec elle tu serais bien plus heureuse qu'avec la petite. Mais tout ça tu ne le vois pas. Tu gardes les yeux rivés sur l'écran de ton portable. Même s'il est encore trop tôt pour qu'elle se manifeste, pour rien au monde tu ne veux rater son appel.

Il y a quelque chose d'assez réjouissant à sortir, les premiers temps, quand on est… amoureuse. Comme l'autre jour au BHV, l'impression d'être la seule à connaître un secret. On promène un regard presque condescendant sur ce qui nous entoure, on sait qu'on est de passage, autre chose nous attend ailleurs. On se fout pas mal d'avoir l'air de faire tapisserie, parce qu'en dedans, on est en conversation permanente avec soi-même, avec le souvenir de l'autre et la douce promesse d'être sur le point de le retrouver. Dans ces moments-là, on ne peut alors s'empêcher de détailler les autres. Les gens seuls, ceux qui traînent ça comme une fatalité, ceux qui se démènent. On étudie les couples qui ne sont plus de toute première fraîcheur. On imagine le sort qui les attend de retour chez eux, et on jubile à l'idée que nous, on sera bien plus intelligents...

Tu es rentrée depuis longtemps quand elle appelle. Tu laisses passer quelques sonneries, ne pas donner l'impression que tu attendais, et finalement la messagerie s'enclenche avant que tu aies décroché. Sa voix reste pudique en disant qu'elle espérait que tu répondrais, mais ça s'entend qu'elle a les boules. Tu attends un quart d'heure avant de rappeler.

Elle somnole déjà plus ou moins. Son soulagement est si simple, si chaleureux, que tu t'en veux de ce calcul inutile. Tu t'excuses de nouveau pour ta conduite de la veille. Elle comprend, elle voudrait simplement que tu lui fasses un peu confiance. Elle demande pourquoi tu ne dors pas encore. Tu réponds que tu étais à une fête. Elle demande quelle fête, avec qui. Puis elle dit qu'elle entend sa batterie biper, signe que ça va couper, et ça coupe.

Tu tombes sur la messagerie en rappelant. C'est vraiment pas de chance, qu'elle n'hésite pas à rappeler, tu ne vas pas dormir tout de suite. Tu t'allonges sans te déshabiller, tu attends devant des clips. Tu n'as pas rêvé, elle était jalouse que tu sois sortie ! Dix minutes plus tard tu laisses un nouveau message. Elle devrait sauter dans un taxi, tu la laisseras dormir si elle en a besoin. Tu continues d'attendre. Puis tu laisses un autre message suggérant qu'elle vienne le lendemain si là elle dort déjà.

En sortant de la douche, tu n'as pas envie de te coucher. Tu enfiles ta nuisette et tu vas t'asseoir en boule dans le canapé. Dehors, le trottoir est fortement éclairé par le lampadaire. La lumière qui entre donne une jolie texture à la peau de tes cuisses. Tu n'as pas encore eu l'occasion de te montrer à elle dans cette tenue, tu te demandes ce que ça lui ferait. Si elle trouverait ça trop sage, ou au contraire super mignon. Ta main glisse doucement, en même temps que tu laisses enfin remonter les images de l'autre nuit.

Elle bouge bien. Elle bouge comme personne. Tu es sur le dos et elle va et vient à cheval sur ta cuisse. Elle maintient de force tes mains derrière ta tête, comprimant tes poignets dont tu sens la chair te lancer sous ses ongles qui s'enfoncent. Son front écrase ta tempe comme si elle cherchait à se frayer un chemin jusqu'à ton cerveau. Elle ne parle pas, elle n'a jamais vraiment parlé dans ces moments-là, tu entends juste son souffle. Tu sais que si tu la laisses continuer, bien que vous soyez encore habillées, elle va se faire jouir très vite. Tu te dégages donc et tu t'éjectes à l'autre bout du lit, le temps de reprendre ta respiration. Mais en deux secondes elle te fait face et se débarrasse de son haut qu'elle envoie balader.

Elle a effectivement beaucoup moins de seins, mais leur arrogance est encore plus palpable qu'avant. Ils sont hauts, fermes, ils bougent à peine, libres de toute gêne, comme tout le reste de son corps qui peut se montrer sous n'importe quel angle, dans n'importe quelle position. À quatre pattes dans le désordre de la couette, pieds nus et torse nu dans son pantalon, elle s'approche pour chaque fois mieux se détourner. Personne n'ondule comme ça, une panthère prête à fondre sur sa proie. Personne ne se cambre à ce point, comme les chats creusent leurs reins pour passer sous un meuble. Elle s'aplatit pour atteindre ton entrejambe, elle cherche à lécher la couture de ton jean. Tu l'en empêches en la retenant par les cheveux, caressant de l'autre main sa gorge, sa nuque, ses épaules. Sa peau est d'une douceur incroyable. La perfection de ses côtes qu'on voit affleurer rivaliserait avec n'importe quelle beauté décharnée de Larry Clark ou de Nan Goldin.

Tu la fais se retourner et basculer en avant. Elle reste sans bouger, le visage écrasé dans la couette, les fesses en l'air. Tu retires ta chemise que tu balances et tu poses tes mains sur ses hanches. Ces fesses moulées dans ce pantalon, jamais tu n'en as vu d'aussi affolantes. Entièrement ouvertes. À cet instant précis, tu penses savoir ce que les mecs ressentent quand ils ont envie de nous prendre par-derrière. Le visage toujours enfoui dans la couette, elle essaye à deux mains de déboutonner son pantalon, de le faire descendre jusqu'à ses genoux. L'apparition de ses fesses nues jusqu'à l'élastique du string te coupe le souffle. Et le majeur qu'elle s'enfonce aussi loin qu'il peut aller achève de te rendre folle.

Emboîtée derrière elle, tu la tiens par les cheveux pour garder sa tête rejetée sur ton épaule. Tu forces sa bouche à rester soudée à la tienne. Tu fais couler de la salive qu'elle aspire avidement. Ses yeux roulent tandis que ses mains s'agrippent à toi comme elles peuvent, qu'elles essayent d'atteindre tes fesses, de se glisser entre vous pour défaire ton pantalon. Chaque fois qu'elle est sur le point d'y arriver, tu tires plus fort ses cheveux. Tu veux que ça reste comme ça pour l'instant, tu veux que ça dure. Ton autre main libre parcourt le devant de son corps mais ne s'attarde nulle part. Jamais tu n'as fait ça de cette façon avec une autre qu'elle, et jamais personne ne lui a fait ça non plus. Elle le dit. Elle dit : jamais personne d'autre m'a baisée comme ça, t'entends ? T'entends ? Et pourtant vous ne faites rien pour l'instant. Tout ça se passe encore à moitié habillées, sans vous toucher là où ça vous soulagerait.

Dans quatre bonnes heures, vous vous écroulerez exténuées sans être allées beaucoup plus loin. Ces premières retrouvailles vous auront pris tant d'énergie, que vous ne serez même pas frustrées de vous endormir sans être parvenues à l'orgasme. Mais ce soir, seule sur ton canapé, tu vas jusqu'au bout. Tes jambes sont écartées à se déchirer, tes doigts de la main gauche viennent combler les vides qui hurlent, et au moment où ça explose, tu écrases ta bouche dans un coussin pour étouffer ton cri.

18

Le samedi, dès que tu ouvres un œil, tu appelles puisque tu ne risques pas de la réveiller. Son téléphone est toujours éteint. Tu prends ta voix la plus sensuelle pour raconter le pied terrible que tu as pris en pensant à elle. Puis tu proposes qu'elle vienne te retrouver après son travail.

Dans la journée elle ne rappelle pas. Normal, puisqu'elle dort. Mais à partir de sept heures du soir, rien non plus. Tu attends huit heures, tu essayes une fois ou deux, son portable est toujours éteint. Tu réessayes vers neuf heures, puis vers dix heures, idem. Pourquoi t'avait-elle dit, en juin, n'être joignable qu'entre dix-neuf heures et vingt heures ? Aucune boîte n'ouvre avant minuit. Tu n'as pas laissé d'autre message depuis le matin, ne pas risquer de te montrer agacée.

Tu essayes une dernière fois avant de te coucher, son téléphone est toujours éteint et là tu es excédée. Tu veux bien croire que son portable soit pourri. Admettre qu'il est trop tôt pour proposer de lui en offrir un autre. Supposer que si elle n'a pas emporté de chargeur, comme ça lui arrive parfois, elle ne risque pas de recharger sa foutue batterie. Mais là où elle a dormi il y a forcément un téléphone. Elle pouvait aussi appeler d'une cabine, même sans carte ça marche avec une carte bleue. Ou bien de sa boîte. Bref, elle aurait pu rappeler pour dire si elle voulait venir ou pas.

Cette nuit-là, à quatre heures du matin, tu te réveilles en sursaut, comme si tu étais désormais réglée pour. Toujours sur messagerie. Cette fois tu parles, tu fais remarquer que depuis hier, elle aurait pu se manifester. Tu n'arrives pas à te rendormir. Tu tournes dans ton lit, d'un côté, de l'autre, tu mets un film que tu ne regardes pas. Tu lui en veux d'avance à l'idée que demain, une fois de plus, tu vas te réveiller tard et ne pas travailler. Peu importe que ce soit dimanche, tu travailles tous les jours, toi. Par la porte ouverte de ta chambre, tu vois une partie du canapé du salon. Tu n'aurais pas dû faire ce que tu as fait hier soir. Maintenant que tu as laissé ces images remonter complètement, elles ne te quittent plus, et dans des moments comme ce soir, où elle n'est ni là pour recommencer ni là pour t'apaiser, ça te fait tout sauf du bien.

Le dimanche, tu émerges vers midi et tu essayes d'appeler. Ça sonne ! Tu raccroches aussitôt, tu préfères qu'elle rappelle d'elle-même maintenant que son téléphone remarche. Comment est-ce possible d'ailleurs ? Vu l'heure à laquelle elle se couche, elle ne peut pas être déjà rentrée chez ses parents. Tu restes allongée à regarder les minutes changer sur le réveil. Son téléphone remarche et elle ne cherche même pas à te parler.

Tu finis par rappeler, en te levant pour avoir une voix plus alerte, donner l'impression qu'en même temps tu es occupée à autre chose. Elle est agacée de t'entendre. Ça commence par te glacer d'angoisse, puis tu t'emportes : t'as pas peur que je te quitte visiblement ! Elle ne comprend pas à quoi tu fais allusion, vous vous êtes parlé dans la nuit de vendredi, tout était rentré dans l'ordre, non ? *Parlé ?* tu éructes, on a eu le temps de se dire trois mots ! Tu tentes de lui faire comprendre que ce n'est pas normal qu'elle n'appelle pas plus. Elle répond que tu la fatigues. Elle est dans le train pour rentrer chez ses parents, elle n'a pas encore dormi et tu lui prends la tête.

Pendant quelques secondes, ni l'une ni l'autre ne dit rien. Toi tu te demandes surtout ce qu'elle a foutu si elle n'a pas dormi. Puis elle s'énerve : mais qu'est-ce que t'attends de moi ? Tu veux que je t'appelle dix fois par jour ? Tu veux me rendre dépendante, c'est ça ?

Mais non, tu réponds doucement, c'est pas ça, c'est juste que tu n'es pas très, comment dire, présente... Mais ouvre les yeux, elle coupe, on n'a pas le même passé ! Toi tu veux continuer l'histoire d'avant, alors que pour moi c'en est une nouvelle. J'ai pas passé cinq ans à penser à toi tous les jours. Si t'as cru ça, c'est ton erreur. Pour moi t'es pas la même qu'il y a cinq ans et je suis pas la même non plus. T'es comme une nouvelle personne que je rencontre, et tu me laisses pas le temps. Tu me laisses pas le temps d'avoir envie de te voir.

Pas le même passé... Tu restes sans voix. Puis ta question de l'autre soir te revient : en quoi bosser tard t'empêche de venir chez moi après ? Là elle explose littéralement : putain mais je suis naze quand je termine, et tu voudrais qu'en plus je traverse tout Paris ? Tu fais remarquer qu'il s'est déjà écoulé un mois et demi depuis qu'elle avait rappelé en août. Sans parler du fait qu'au départ, c'était en juin que vous étiez censées vous revoir... Mais à ça, elle ne répond rien, elle dit : faut que je te laisse, je viens d'arriver et ma mère m'attend sur le quai.

Pas le même passé.

Si tu pouvais, tu rappellerais et tu dirais : toi et ton passé, vous pouvez aller vous faire mettre profond. Mais tu ne peux pas. Alors tu écoutes les sonneries se succéder, tu soupires en entendant sa messagerie s'enclencher, et tu tâches d'avoir une voix mignonne pour dire : tu as raison, c'est une nouvelle histoire, et ce n'est pas toi qui n'appelles pas assez, c'est moi qui appelle trop. Alors je vais me calmer. Rappelle quand tu voudras. Je t'embrasse.

Ce soir-là, pour la première fois, tu te demandes chez qui elle dort quand elle vient à Paris. Tu l'imagines sonner à une porte, tu vois cette porte s'ouvrir et une main se tendre pour l'attirer à l'intérieur. Tu chasses aussitôt l'image. Elle ne voit personne d'autre. Ne pas commencer avec ça… N'empêche que tu n'aimes pas du tout cette histoire de boîte de nuit. Si elle ne s'était pas encore couchée, c'est clair qu'elle était sortie après son boulot. Allée ailleurs ou restée sur place ? C'est quelle boîte, d'abord ?

19

Le lundi, tu t'es réveillée tôt et tu t'efforces de travailler. Malgré toi, tu fais partie de ces gens pleins de culpabilité catho qui pensent que s'ils font ce qu'ils ont à faire, le bon Dieu le leur rendra. Tu te dis donc qu'à partir de maintenant, tu vas faire les choses bien. C'est-à-dire travailler, rien d'autre – et lui laisser le temps, comme elle dit. Cette histoire de boîte te tiraille un peu, mais il faut savoir faire confiance, non ?

À mesure que la journée avance, tu dois lutter contre les accès de panique qui menacent sans cesse de t'envahir et de te faire déraper. Cependant tu t'accroches. Tu sais par expérience que si tu persévères, tu finiras par plonger complètement dans ce que tu as sous les yeux, et quand tu te relèveras de ta chaise pour te dégourdir les jambes, ton cendrier aura débordé et la nuit sera venue.

À l'heure du dîner, tu continues de te raisonner autant que tu peux. Ce n'est pas mauvais signe qu'elle n'ait pas appelé, elle doit être avec ses parents. Tu pourrais passer un bref coup de fil. Rester quelques secondes et ne rien dire de pesant. Mais ce serait quand même pas mal de tenir un jour entier. Tu te prépares donc à dîner et tu te colles devant un film, ne pas laisser le champ libre au manque. Et quand très vite tu sens que tu pourrais dormir, tu éteins. Sans te relever pour rapporter le plateau ou te laver les dents. Saisir l'occasion de glisser immédiatement dans le sommeil.

Le mardi, à peine tu ouvres les yeux, tu vas te rasseoir à ton ordinateur et tu t'y remets. Comme la veille, tu as la tête à tout sauf à travailler. Mais tu continues de te persuader que si tu fais les choses bien, le reste ne pourra que suivre. En début de soirée, si elle n'a pas appelé, là tu le feras. À ta voix, à ce que tu diras – et surtout ce que tu ne diras pas –, elle sentira que tu as repris tes esprits.

Il n'y a rien de plus chiant que quelqu'un qui mendie. Il faut que tu redeviennes celle qu'elle pense que tu es : quelqu'un de solide avec une belle vie. La réalité, en plus. Tu as un chouette boulot, un chouette salaire, un chouette appart, et cette vie-là, il faut que tu la retrouves. C'est la tienne, elle est juste là, il faut simplement te la réapproprier. Qu'elle sente que quoi qu'il se passe, avec ou sans elle, tu vas continuer d'avancer. C'est ça qui donne aux gens envie de venir vers nous.

Tu décides de n'appeler qu'après ton bain. Puis, une fois sortie du bain, après le dîner. Puis une fois la dernière bouchée avalée, après le film. Tu tiens comme ça jusqu'à onze heures du soir. Tu es plutôt fière. Deux jours, c'est pas rien quand même. Attendre demain, ce serait encore mieux. Tu te demandes toujours chez qui elle dort quand elle passe plusieurs jours de suite à Paris, mais à peine la question posée, tu la rejettes. Ces jours-ci elle est chez ses parents, inutile de te rendre malade.

Le mercredi matin, tu travailles tant bien que mal, mais tu commences à l'avoir mauvaise. Tu lui as foutu une paix royale pendant deux jours entiers, et toujours rien ? À partir du début de l'après-midi, tu te lèves sans arrêt de ton bureau. Tu fais les cent pas dans le salon, tu l'imagines en train de se réveiller. Qu'est-ce que ça lui fait de constater qu'il n'y a pas de message de toi ni de texto ? Qu'est-ce qu'elle fabrique quand elle est chez ses parents, à quoi elle passe ses journées ? Combien de temps avant qu'elle prenne son téléphone pour dire tu me manques ? C'est le troisième jour, sans déconner, qu'est-ce qu'elle veut de plus ?

Tu sais que tu vas bousiller le peu que tu es arrivée à mettre en place, mais tu ne peux pas t'en empêcher. Exaspérée, tu écoutes le morceau de musique que tu as toujours trouvé trop long, puis tu fais appel à ta voix la plus calme possible : je voudrais pas avoir l'air lourde, mais jamais t'as envie de m'appeler ?

Une heure plus tard tu remets ça : tu comprends pas que si je t'appelle, c'est juste parce que ça me ferait plaisir de t'entendre ? C'est pas pour t'emmerder, j'ai juste envie de te voir, quoi.

Puis encore : ça te traverse pas l'esprit que c'est toi qui prends tout mal ? Que tu te protèges à mort ? À tel point que tu sais même plus ce qui est normal et ce qui ne l'est pas ?

Puis encore : je comprends pas, t'avais l'air heureuse qu'on se soit retrouvées, t'avais l'air d'avoir envie que ça marche.

Puis encore : mais qu'est-ce qu'il faut que je fasse à la fin ? Même quand j'appelle pas, t'appelles pas non plus.

Et ce soir-là, après ce cinquième message, dans la pénombre de ta chambre, tu restes à fixer le mur devant toi.

20

Le jeudi matin, tu te réveilles tôt comme les jours précédents, mais tu ne te réinstalles pas à l'ordinateur. Tu restes longuement assise dans le canapé du salon, toute droite au bord du coussin. Tu tiens ton portable dans ta main, et tu sais ce que tu dois faire. Tu n'as pu t'endormir que vers cinq heures, et à ce moment-là c'était devenu clair. Tu as pesé le pour et le contre. Tu as fait appel à tout ton bon sens pour accepter que ça ne rime à rien. Au-delà de ce que tu peux ressentir, en plus des raisons de lui en vouloir, ce ratage grotesque aura duré cinq ans et tu es écœurée. Tu es sur le point d'appeler, tu espères simplement qu'elle ne répondra pas. Ta décision n'est pas tout à fait sans appel, mais tu as besoin de lui dire où toi tu en es. Les sonneries se succèdent, et tu soupires en songeant que de toute façon, tu n'aurais pas eu envie d'être avec quelqu'un qui dort le jour.

Tu dis : bon, je suppose que tu seras d'accord avec moi, tout ça ne mène à rien, donc il vaut mieux en rester là. Voilà.

Dans l'après-midi, tu te rends chez ton ex, à cinq minutes à pied. Elle ne travaille pas aujourd'hui et en profite pour désherber sa terrasse tombée à l'abandon pendant l'été. Tu as tellement fumé ces derniers temps, à cran depuis le 5 août, que tu manques de souffle pour grimper les rues en pente. En simple pull, tu as froid, aussi.

Une fois sur la terrasse plongée dans l'ombre, tu continues de frissonner malgré le thé bouillant que ton ex vient de préparer. Mais tu t'obliges à rester agenouillée et à arracher méthodiquement les mauvaises herbes qui ont envahi les interstices entre les dalles. En arrivant, tu as dit à ton ex que c'est terminé, tu ne veux plus jamais entendre parler d'Iris. Évidemment elle trouve que c'est la meilleure solution, et chaque fois qu'elle te surprend à regarder dans le vide, elle dit une grosse connerie pour te forcer à sourire et à penser à autre chose.

Tu as décidé de te reprendre, oui. Plus question de passer une seule minute allongée ou assise à ne rien faire. Quand tu rentreras tout à l'heure, tu te remettras au travail. Quand tu seras fatiguée, tu iras dormir, en te réveillant tu t'y remettras, et ainsi de suite, chaque jour, jusqu'à ce que tu termines ce boulot-là. Après tu enchaîneras avec le suivant, sans rêvasser comme ça t'arrive trop souvent, au point d'être ensuite obligée de tout faire dans l'urgence. Puis quand tu sentiras que tu en auras de nouveau envie, tu te remettras à sortir. Un de ces quatre, tu croiseras quelqu'un, et comme ce sera réellement nouveau, là tu laisseras faire le temps.

Tu vas vite oublier. C'est aberrant de se mettre dans un état pareil pour *une* personne, la vie est bien trop courte. Tu te dis ça, quand ton ex revient avec ton portable qui sonne. Tu n'attendais tellement plus rien, tu l'avais laissé sur le canapé. À sa façon de le tendre sans pour autant te le coller dans les mains, tu vois bien qu'elle espère que tu vas laisser courir. Mais tu appuies précipitamment sur la touche de réponse et, le cœur bondissant, tu articules un pauvre « allô » ?

Elle dit qu'il lui a fallu quatre jours pour réfléchir, mais elle en est arrivée à la même conclusion que toi. Tu retiens ta respiration : de quelle conclusion parle-t-elle, que ça ne sert à rien de continuer ?

À ton immense soulagement, tu te trompes.

Elle dit : je sais que depuis le début j'arrête pas de me protéger. Je vais faire ce que je peux pour changer ça. Mais va falloir que tu m'aides, que tu me donnes un petit coup de pouce. Que tu me laisses pas me refermer sans arrêt. Et puis t'as raison, c'est ridicule de pas venir après le boulot. Je viendrai demain.

Tu fais remarquer qu'attendre samedi soir serait sans doute mieux. À son silence, tu vois qu'elle est déçue de ne pas te sentir plus pressée que ça. Pourtant tu penses sincèrement que si elle venait demain, ce serait frustrant car elle aurait besoin de dormir pour récupérer, et au réveil elle devrait retourner travailler. Alors que dimanche elle pourra rester. Bon, elle finit par répondre, je vais voir si je peux finir un peu plus tôt. Tu sais, je suis soulagée que ce soit pas trop tard, je pensais que tu voudrais plus jamais me voir.

Pour ton ex, le cas Iris est une complète énigme qui ne mérite même pas qu'on s'y arrête, d'accord. Mais de là à ne pas être contente pour toi que les choses s'arrangent enfin ? Tu la regardes se lever pour emporter vos tasses dans la cuisine, signe qu'il est temps que tu t'en ailles. Tu te relèves à ton tour, tu rempoches tes cigarettes, puis quand elle revient, avant qu'elle ouvre la porte, tu t'approches pour la serrer. Tu le fais toujours, mais cette fois, tu as besoin de la sentir plus longtemps que d'habitude.

Ce qu'Iris vient de te dire, ça sonne enfin le début d'une vraie histoire, et même si c'est ce que tu veux, tu n'es pas prête à te passer de ton ex pour autant. Or tu sais bien que ça va changer des choses, d'une manière ou d'une autre. Sauf que : si là tout de suite elle te disait qu'elle avait envie de revenir avec toi, tu n'es pas du tout certaine que tu lui dirais non… Tu lui demandes à haute voix : tu veux revenir ? Il est encore temps tu sais… Elle éclate de rire en se dégageant. T'as juste besoin de t'envoyer en l'air ! elle lance et elle te pousse sur le palier.

En redescendant les rues vers chez toi, tu sais qu'elle a raison. Tu es euphorique parce que tout s'est arrangé avec Iris, ça te ramollit le cœur et tu pourrais aimer tout le monde. Tu as simplement besoin de t'envoyer en l'air. Mais pas forcément d'attendre après-demain… La question, c'est qui appeler : Magalie, ou Ariel, le dernier garçon que tu voyais avant l'été ? Magalie est la partenaire idéale pour les jeux sexuels sans lendemain. Racée, douée, impeccable. Mais vous vous racontez toujours vos vies et tu n'as pas envie de lui parler de ce qui t'arrive. Tu ne tiens pas forcément à casser l'image qu'elle a de toi. Et puis tout ce que tu ferais avec elle, tu pourrais le faire avec Iris, alors qu'avec un mec, c'est différent.

Tu n'as pas demandé à Iris chez qui elle dort quand elle est à Paris, mais tu sais que tu n'as pas à t'inquiéter de ce côté-là. Elle doit tout simplement avoir une meilleure amie dont elle n'a pas encore eu le temps de te parler. Elle est du genre à être proche d'une seule personne. Ou alors elle a sympathisé avec une barmaid de l'endroit qui a un studio pas loin et c'est pratique d'aller bosser ensemble.

La bouche d'Ariel a un goût de banane parce qu'il mâche tout le temps des chewing-gums à la banane. Ariel sort rarement de son loft où il peint des trucs bizarres en fumant des pétards. Collé au mur près de l'extincteur, tu as les bras soudés autour de sa nuque et tu es déjà loin.

Il a vingt-cinq ans, chez un mec c'est un peu jeune pour toi. Mais tu adores son côté indolent amoureux de lui-même. Avec ses cheveux toujours en bataille, sa bouille d'angelot endormi et son ventre un peu grassouillet, on dirait qu'il a été mis là pour se vautrer avec les filles et ronronner sous leurs caresses, sans oublier de leur rendre la pareille. C'est le premier mec qui ait jamais su quoi te faire à quel moment. Le premier, aussi, dont tu aimes assez le sperme au point de pouvoir l'avaler n'importe quand. Comme du petit-lait à peine sucré, une odeur d'enfant en sueur.

Tu as conscience de faire quelque chose que tu ne supporterais pas qu'Iris fasse, mais bon... On ne peut pas dire que vous ayez vraiment couché ensemble l'autre fois, et tu as besoin de ça. Besoin de sentir quelqu'un te prendre pour de bon. Iris pourra le faire n'importe quand avec un gode, ce ne sera jamais la même chose. Le préservatif a beau empêcher de sentir la peau si fine palpiter, tu sais que ce qui te fouille bouillonne, qu'en dessous il y a une paire de couilles qui cognent, et que ce qu'elles déchargeront, tu vas le prendre au plus profond. Sans oublier le plaisir partagé. Ça fait toute la différence.

Tu songes que ton comportement avec Ariel, à redébarquer comme ça alors que tu avais ignoré tous ses messages pendant l'été, ressemble beaucoup à celui d'Iris avec toi… Mais tu chasses la comparaison pour revenir te concentrer sur ses mains plaquées sous tes fesses et qui les écartent.

21

Le vendredi ? Le vendredi tu as des ailes. Des putains d'ailes. Le jour ne s'est pas encore levé quand tu mets de l'eau à bouillir pour ton premier thé de la journée. Dans la cour, quelques fenêtres sont allumées. Côté rue, les premières portières claquent tandis que tu viens t'installer à ta table de travail. Les mains pressées autour de la tasse fumante, tu te demandes à quelle heure se lèvent les femmes qui sont déjà maquillées et coiffées aux arrêts de bus. Jamais tu ne remercieras assez le ciel de pouvoir vivre différemment…

Tu ne réponds pas au téléphone, tu ne te relèves que pour aller vider le cendrier ou attraper un truc à avaler.

Dehors, aux embouteillages du matin succède le calme de l'après-midi.

Plus tard, les cris des enfants sonnent la sortie des écoles, et le retour des klaxons celle des bureaux.

Le soleil qui descend découpe de larges pans de façades, inondant certains de sa lumière dorée, en laissant d'autres dans l'ombre qui s'épaissit.

Puis les lampadaires du quartier viennent relever le jour qui a décliné.

La nuit est déjà bien entamée quand tu t'écroules enfin, mais aux premières heures du samedi, tu te réveilles en pleine forme, prête à repartir pour une journée identique. Et ça marche, tu ne quittes pas ton bureau, concentrée sur le travail qui avance à pas de géant. À tel point que peu avant sept heures du soir, quand il faut t'interrompre et courir acheter de quoi dîner, tu regretterais presque qu'Iris vienne.

Au retour, tu ranges un peu, tu aères, puis tu passes dans la salle de bains. En sortant une serviette propre du placard, tu suspends ton geste. Chaque fois que tu as pris un bain, elle a décommandé... Mais tu ris de ta superstition et tu ouvres les robinets de la baignoire à fond.

Tu te détends dans de la mousse jusqu'aux oreilles quand ton portable sonne. Tu as beau te dire que ça ne peut pas être ça, tu te figes en écoutant les sonneries se succéder. Et dès que tu perçois le signal d'un message, tu bondis sans prendre gare à l'eau qui déborde et inonde le tapis de bain.

Elle a une voix d'outre-tombe. A pris froid. Est rentrée se coucher chez ses parents. Tu restes immobile, tu contemples l'eau que tu viens de foutre partout sur le parquet. La première pensée qui te vient est pour la bouffe qui va encore se perdre. Puis tu jettes ton portable contre le mur.

Tu ne crois pas une seconde qu'elle soit chez ses parents. Quand on a un fixe à proximité, on l'utilise plutôt que d'exploser son forfait. Tu vas ramasser le portable. La batterie s'est détachée en heurtant le mur, mais il fonctionne. Elle répond tout de suite, ce qui est bon signe, toutefois il te semble percevoir une pointe d'agacement, comme si elle avait espéré qu'un message suffirait. Tu es à deux doigts de lui balancer qu'elle abuse gravement, tu lui as foutu une paix royale ces derniers jours. Tu réussis cependant à te montrer calme et tu demandes à rappeler sur le fixe. Elle proteste mollement qu'elle est dans son lit, puis elle finit par dire que c'est elle qui va te rappeler.

Tu attends au-dessus de ton téléphone en priant. Si ce n'est pas le numéro de ses parents qui s'affiche, tu ne sais pas comment tu vas réagir. C'est bien le bon, tu l'avais oublié depuis toutes ces années mais tu le reconnais. Elle dit qu'elle a trente-neuf de fièvre, qu'elle ne tient pas debout, elle te rappellera tranquillement demain. Elle dit ça comme une personne normale, de manière tellement naturelle que, pour une fois, tu y crois.

Mais le dimanche elle n'appelle pas.

Tu te forces à travailler, évitant de regarder l'heure trop souvent. Puis en fin de journée tu envoies un texto. Après tout, elle t'a demandé de l'aider à se rapprocher de toi, de lui donner « un coup de pouce ». Tu lui proposes donc de venir si elle en a la force. Tu as des légumes, tu pourras lui faire de la vraie soupe au mixer, et après vous regarderez un bon film. Et si elle a seulement besoin de dormir, eh bien elle dormira. Mais au moins vous serez ensemble.

Dans la soirée, tu envoies un autre texto disant que tu t'inquiètes un peu. Si ça se trouve, ses parents sont partis en week-end et elle agonise toute seule sur le carrelage de la cuisine. Tu mets des points d'exclamation pour que ça ait l'air léger, mais tu lui en veux de ne même pas relever que tu prends de ses nouvelles.

Ariel n'a pas appelé depuis jeudi. Il doit sans doute se dire que si cette fois il ne te court pas après, tu rappelleras de toi-même. Sauf que ça ne changera rien. Tu n'as aucune intention de le faire, et le savoir te ramène à toi quand tu te retiens d'appeler Iris...

22

Le lundi matin, au réveil, tu espères qu'elle a répondu. Rien. Tu appelles, tu tombes sur le répondeur. Dégoûtée, tu ne laisses pas de message.

La journée s'écoule sans que tu t'approches de ton bureau, mais bon, tu viens de travailler trois jours de suite.

Dans la soirée tu essayes à nouveau d'appeler, et là encore tu te retiens de parler. Maintenant tu commences vraiment à te demander ce qui l'empêche de donner signe de vie depuis quarante-huit heures.

Le mardi, à la seconde où tu émerges, ta colère jaillit et cette fois tu laisses un message. Tu dis que tu t'inquiètes, putain, elle pourrait au moins te rassurer.

Tant que tu n'avais pas laissé de message, tu parvenais à te contenir. Mais maintenant que tu as franchi ce pas, la machine est lancée, tu ne peux plus t'arrêter. Tu en laisses un deuxième identique, puis un troisième, et au quatrième, tu cries qu'elle aille se faire foutre avec ses trente-neuf de fièvre.

Tu es censée déjeuner dehors avec Stella, mais bien entendu tu t'en sens incapable. Tu ne peux même pas lui parler. Tu commences à lui écrire un texto pour annuler, quand on sonne à la porte. Ton cœur s'emballe : et si c'était la petite qui te faisait une surprise ? Tu passes par la salle de bains vérifier la tête que tu as.

Ce n'est que Stella.

Tu regardes par la fenêtre pendant qu'assise sur ton canapé, Stella pioche dans des plats chinois qu'elle a apportés. Elle t'explique que tu ne peux pas continuer comme ça. Elle et ton ex se sont parlé, l'une comme l'autre se font du souci. Depuis juin tu n'es plus toi-même. Ça fait trop longtemps que ça dure, il faut que ça cesse.

Tu finis par avouer que si tu n'appelles pas, c'est pour ne pas la saouler au quotidien comme cet été. Le dégoût te submerge violemment quand tu t'entends lui dire, sans te retourner, que ce serait cool si elle avait la patience d'entendre au moins le récit des derniers événements.

Quand tu as terminé, Stella soupire et te demande si tu connais l'histoire de la roue de secours.

C'est un type qui crève un pneu sur l'autoroute. Il s'arrête sur la bande d'arrêt d'urgence, descend en pestant parce qu'évidemment il pleut, et là il se rend compte qu'il n'a pas de roue de secours. Il commence par essayer de faire du stop, mais les rares voitures qui passent ne s'arrêtent pas, donc il n'a pas d'autre choix que de continuer à pied en espérant tomber sur une station-service. Pendant qu'il marche sous la pluie, il imagine toutes sortes de scénarios. Il va trouver une station-service, mais elle ne fera pas garage. Ou alors les mecs n'auront pas son modèle de pneu. Ou ils n'auront pas de dépanneuse pour revenir jusqu'à la voiture. Ou, tout simplement, ils s'en foutront. Ça arrive, ça, que les gens n'aident pas. Bref, il marche longtemps, et quand il arrive enfin en vue d'une station-service, il est tellement énervé qu'au moment où il passe la tête par la porte du garage, il gueule : « De toute façon, vous savez où vous pouvez vous la foutre votre roue de secours ? »

Voilà, conclut Stella, tu réagis exactement comme ça. À tout le temps faire les questions-réponses, et à sans arrêt dire une chose et son contraire, tu bousilles tout. C'est clair qu'elle a un comportement qui échapperait à n'importe qui, mais toi non plus t'es pas très nette avec elle. Laisse-la un peu macérer dans son jus, elle finira par rappeler. C'est en te retenant que tu obliges l'autre à venir dans ton camp, pas en allant le chercher.

Pas très nette ? tu demandes avec étonnement. Franchement, répond Stella, ça te semble normal de continuer à vouloir un truc avec elle, alors qu'elle fait tout ce qu'elle peut pour t'en dégoûter ?

23

Longtemps après le départ de Stella, tu es toujours assise dans les odeurs des plats chinois auxquels tu n'as pas touché. Tu sais que Stella a raison. Non seulement tu dois arrêter d'être sur le dos d'Iris, mais pour ta santé mentale, tu dois aussi cesser d'être en attente comme ça.

Tu suis donc le conseil de Stella, et le reste de l'après-midi s'écoule sans que tu touches ton portable. Tu n'es plus sur le canapé, ça te rappelle trop ce que tu y as fait l'autre soir, et l'idée d'avoir le moindre contact avec ton corps te dégoûte... Tu es sur ton lit, mais bien que devant un film pour arrêter de penser, tu ne peux t'empêcher d'essayer de comprendre. On est mardi, la dernière fois que vous vous êtes parlé remonte à samedi – qu'est-ce qu'elle fout bon sang ?

OK les excuses qu'elle a eues à chaque fois étaient valables. OK elle voit ça comme le début d'une nouvelle histoire et elle n'est pas pressée. Mais il y a des limites. Si elle n'a pas envie d'être avec toi, pourquoi elle ne le dit pas ? Ce serait toujours mieux que cette incertitude. Enfin... est-ce que ce serait mieux ? Vraiment ? Plus rien du tout, plutôt que ça ? La panique t'envahit d'un coup. Et il te faut appeler.

Tu es prise de court en l'entendant répondre. Tu perçois des bruits de rue derrière. Elle est où ? Avec une copine. À son ton de voix, tu sens que tu la déranges. Il faudrait que tu raccroches immédiatement, faire semblant que tout est normal, elle serait la première surprise. Mais tu exploses : tranquillement dehors alors que ça fait des jours que tu t'inquiètes ? Elle rétorque qu'elle est à deux rues de chez ses parents, elle va simplement chercher à fumer. Elle ajoute qu'elle entend sa batterie biper, que ça va couper, et ça coupe.

Tu rappelles, messagerie. Tu cries qu'elle te prend vraiment pour une demeurée. N'importe quelle personne normale charge son téléphone avant de sortir. Et sa copine a forcément un portable, elle pourrait très bien rappeler. Si elle avait vraiment envie que tu puisses la joindre, elle achèterait une nouvelle batterie, bordel. En raccrochant, tu te rends compte avec angoisse que si elle était en face de toi, tu lui collerais une immense baffe. Et de rage tu balances encore une fois ton téléphone.

Tu rappelles toutes les cinq minutes. Tu le fais au cas où ça sonnerait de nouveau. Mais chaque fois tu tombes directement sur la messagerie et tu raccroches dès que tu entends le début de sa musique de naze qui dure trois plombes. Cette musique, c'est clairement le signe qu'elle s'en fout. La même depuis toujours. Elle n'a même pas pensé à mettre sa voix pour que ce soit plus cool pour toi. Te revoir n'a rien changé à sa vie. Elle en a tellement rien à battre, et toi tu es tellement débile de continuer. Débile à un point même pas descriptible. Pauvre fille, tu te répètes à haute voix, pauvre fille, vraiment, et de consternation tu te donnes un grand coup sur le front avec ton portable.

Résultat, tu dois mettre des glaçons dans un sac en plastique et le coller sur ton visage. Et ce soir-là, pour la première fois depuis que tu as un portable, tu l'éteins en te couchant.

24

Le mercredi, tu émerges en fin de matinée, assommée par la double dose de Xanax prise pour dormir. Ton premier geste est de rallumer le portable, mais rien. Si elle n'a pas rappelé ni même envoyé un texto, ça veut dire une seule chose : elle s'en fout, vraiment.

Voilà.

Au moins c'est clair maintenant.

Sauf qu'une nouvelle fois, comme la veille, la panique t'envahit au point que tes mains tremblent en attrapant une cigarette. Du coup, tu rappelles immédiatement. Tu tombes sur la messagerie, tu raccroches. Te calmer d'abord. Trouver quoi dire pour cet ultime message. Parce que cette fois, ce sera le dernier.

Tu appelles Stella pour lui demander conseil, mais elle te dissuade : tu n'as pas à lui laisser une dernière chance, ton seuil de patience a été atteint, et *dépassé*. Il faut que tu laisses tomber. C'est facile à dire, mais il faut que tu le fasses. Sinon ça va aller jusqu'où ? Tu restes silencieuse un moment. Jusqu'où ? Ça, tu n'en sais rien. Tout ce dont tu es sûre, c'est que même si ça finit par s'arranger, tu ne pourras jamais lui faire confiance...

Dernier message, donc. Tu parles calmement mais avec fermeté. Si ce soir à minuit tu n'as pas eu de ses nouvelles, ce sera la dernière fois de sa vie qu'elle aura eu l'occasion de vivre quelque chose avec toi. Alors qu'elle réfléchisse bien. Qu'elle se demande ce qu'elle veut. Parce que tu ne lui donneras pas une autre chance. Plus jamais.

L'après-midi s'écoule lentement mais tu n'en souffres pas. Tu es devant ton ordinateur, tu travailles. Régulièrement, tes yeux se posent sur l'horloge de l'écran, mais l'heure qui tourne ne provoque pas d'accès de panique. Ce message laissé t'a redonné la force que tu avais perdue. Et tu sais qu'elle finira par rappeler. Tu espères presque qu'elle ne le fera pas avant demain. Comme ça tu seras obligée de lui dire que c'est trop tard. Peut-être même que tu ne lui répondras pas.

Mais en fin de journée, en te relevant de ta chaise pour t'étirer, tu es obligée d'admettre que même si tu es étonnamment calme pour une fois, en dedans tu en es malade.

Alors tu rappelles, et miracle elle répond. Elle est chez le médecin, pour renouveler une ordonnance, elle te rappelle dès qu'elle a fini. En raccrochant, tu repasses plusieurs fois cette brève conversation dans ta tête. Son ton de voix était enjoué, elle semblait contente de t'entendre. De ça tu es certaine. Si elle avait l'intention de te dire qu'il vaut mieux en rester là, elle aurait eu une voix différente. Pourtant tu ne parviens pas à t'en réjouir.

Une heure s'écoule, puis deux. Tu n'es pas énervée, mais tu rappelles. En l'entendant répondre une nouvelle fois, tu n'es ni surprise, ni reconnaissante, tu lui demandes simplement ce qu'elle fout. Elle vient de sortir de chez le médecin, elle cherche une cabine pour te rappeler, elle n'a presque plus de batterie.

Une demi-heure s'écoule, et quand le numéro inconnu s'affiche sur ton portable, tu hésites presque à répondre tellement tu es lasse. Elle dit qu'elle n'a plus beaucoup d'unités sur sa carte. Tu notes le numéro de la cabine puis tu raccroches en soupirant.

Vous parlez près d'une heure, elle dans sa cabine, toi à ton bureau sur ton fixe. Elle confie qu'elle est plus déprimée que jamais, et que dans ces cas-là, elle te l'a dit, elle se sent incapable de décrocher son téléphone. Si la veille elle est sortie acheter à fumer, c'était pour éviter de chercher un plan de dope alors qu'elle en crevait d'envie. Ça te fait bizarre de constater que ça t'est égal. Tu la laisses parler, et elle ne fait que ça, parler. D'un ton monocorde, plombant. Tout ce qu'elle dit est sensé, mais tu n'écoutes que d'une oreille. Elle doit passer voir quelqu'un pour un futur boulot. Elle n'y restera pas longtemps et pourrait venir dîner vers huit heures et demie. Si tu as toujours envie de la voir ? Tu soupires, qu'elle fasse comme elle veut, tu t'en fous. Tu lui demandes juste de te prévenir si elle change d'avis, et tu raccroches sans dire au revoir.

Trois heures plus tard, tu reçois un texto expliquant qu'elle passe à table seulement maintenant mais qu'elle fera au plus vite. Ben voyons, elle ne devait pas venir dîner ? Heureusement que tu n'as pas fait de courses. Tu te rends compte à quel point tu as été ridicule les autres fois. Pourquoi ces courses, d'ailleurs, toi qui avales ce qui te tombe sous la main ? Sans doute un pli pris cet été, quand vous faisiez le marché, avec Stella sur laquelle tu comptais pour pallier ta nullité en matière de cuisine. Tu essayes de l'imaginer à son rendez-vous. Tu te demandes si dans ces moments-là elle a conscience d'être attendue ailleurs, ou si elle se laisse simplement porter par les événements. Tu opterais plutôt pour la deuxième solution, et tu sais que ce n'est pas ce qu'il te faut.

Quand vers minuit elle n'est toujours pas arrivée, tu as l'impression que tout ça se passe sans toi. Devant toi défile un film qui ne t'intéresse plus. Brusquement tu la vois telle qu'elle est : une fille salement paumée que dans le fond tu n'aimes pas.

Il est plus de deux heures du matin lorsque le coup de sonnette retentit. Tu t'étais endormie. La pièce baigne dans la lueur bleutée de la télé restée allumée sans le son. Tout est calme. Tu n'as pas franchement envie de la voir débouler, sortir ses cigarettes, se mettre à parler. Elle n'avait qu'à venir plus tôt. Tant pis pour elle si elle doit repartir de nuit sur son scooter dans sa banlieue. Mais tu sais bien que ce n'est pas comme si elle sonnait à ta porte tous les jours. Tu ne peux pas ne pas la laisser entrer. Alors tu soupires et tu te lèves pour aller ouvrir.

25

Évidemment elle est crevée. Les yeux qui se ferment, la cendre qui s'allonge et c'est à toi d'approcher chaque fois le cendrier. Tu es en nuisette puisque avant tu dormais, mais l'heure n'est pas aux retrouvailles. Elle prête à peine attention au CD que tu as enfin mis en fond. Comme elle ne dit pas grand-chose, c'est toi qui parles. Aussi calmement que possible, tu essayes d'expliquer pourquoi tu t'énerves si souvent dans tes messages. Elle, elle acquiesce à intervalles réguliers pour montrer qu'elle comprend. Mais ça se sent qu'elle garde les yeux ouverts parce que tu la regardes. Si tu tournais la tête deux secondes, elle en profiterait pour sombrer. Tu finis par lâcher qu'elle pourrait faire un effort.

Elle a poussé un bruyant soupir, et ton affolement interne l'emporte sur tout le reste tandis qu'elle rassemble ses affaires. Tu as beau ne pas en revenir qu'elle ose réagir comme ça, si tu ne bouges pas, dans un instant elle va passer la porte. Tu la rattrapes juste avant qu'elle l'atteigne. Le regard qu'elle pose alors sur toi est un mélange de lassitude et de supériorité, comme si elle était l'adulte et toi la gamine qui la gonfle. Elle dit que si tu vas lui prendre la tête à chaque fois qu'elle te voit, ça va pas être possible. Elle a un boulot, des gens à voir quand elle est à Paris, des choses à faire quand elle est chez ses parents, et si tu n'es pas assez mature pour comprendre ça, il vaut mieux en rester là. Tu te demandes si elle pense sérieusement ce qu'elle dit, puis tu réponds qu'il est tard et tu regagnes ta chambre.

Elle s'est endormie. Tu as eu chaud, elle aurait vraiment pu partir. Mais as-tu réellement envie qu'elle soit là ? Le poids de sa tête sur ton épaule, son souffle régulier dans ton cou, son bras en travers de ton ventre – tout ça te calme, certes. Mais en même temps ça te crispe. Trop facile. Elle ne peut pas débarquer comme ça, menacer de se tirer puis s'endormir direct sans même t'avoir embrassée ni rien. Et puis tu as l'impression qu'elle s'est simplement abandonnée, une nouvelle fois, aux circonstances plutôt qu'à toi.

Tu n'arrives pas à glisser dans le sommeil. Sa tête pèse incroyablement lourd, elle te broie l'épaule. Elle doit vraiment dormir profondément pour que ça pèse à ce point. Peut-être que si tu te décales un peu, elle ne le remarquera pas. Tu finis par bouger, et sans se réveiller elle se retourne de l'autre côté.

Le lendemain, tu es en train de travailler quand vers deux heures tu l'entends enfin remuer dans le lit. Tu viens t'adosser contre l'encadrement de la porte. La pièce est baignée de soleil et, en te voyant, son premier réflexe est de remonter la couette sur sa tête. Puis, progressivement, elle réapparaît, ouvre ses bras, et tu dois faire un violent effort pour ne pas laisser échapper putain, je t'aime. Tu viens t'allonger, elle se blottit contre toi et tu fermes les yeux. Son portable se met à sonner, mais elle enfouit plus encore son visage dans ton cou. Son odeur de sommeil ne t'est pas désagréable, l'est-elle jamais quand on a quelqu'un dans la peau... Celui ou celle qui vient d'appeler n'a pas laissé de message. Tu te demandes qui c'était, qui donc connaît son heure de réveil aussi précisément ?

Elle a l'air de se rendormir. Tu n'oses pas la toucher, ne pas te montrer en demande, attendre que ça vienne d'elle. Mais va-t-elle rester ? Elle pourrait. Elle travaille les jeudis, vendredis et samedis. Demain on est jeudi, elle ne va quand même pas repartir dans sa banlieue pour revenir demain ? Son portable sonne de nouveau. Cette fois, un signal de message retentit. Elle se redresse. Elle reste assise au bord du lit pour écouter. Quand elle a terminé, elle sort de son sac un carnet sur lequel elle note un truc, puis elle annonce qu'elle descend acheter des cigarettes. Comme tu es sur le point de protester, elle ajoute que tu vas avoir des croissants au lit.

Elle a pris son portable. Il n'y a pas trente-six solutions : soit c'était son dealer, soit elle voit quelqu'un d'autre. Mais un dealer ne s'embarrasse pas à respecter une heure d'appel pour ne pas réveiller. Assise dans le lit, tu fixes son sac resté ouvert. Plusieurs carnets noirs en dépassent, tous identiques. Sans rien toucher, tu essayes de voir lequel pourrait être un agenda. Tu finis par sortir délicatement le plus accessible et, le cœur battant, tu commences à le feuilleter. Il faut que tu fasses très vite, elle a pris la clé.

C'est un journal, du moins des dates se suivent. Les entrées sont très espacées dans le temps et ne comportent chaque fois qu'un bref paragraphe. Tout en tendant l'oreille, tu lis en diagonale. Tu as du mal à déchiffrer son écriture, mais ce que tu saisis te suffit. Tu as la sensation de tomber de quarante étages. À un endroit, il est question d'une C. et du bien-être dans ses bras après s'être fait un fix avec elle. À un autre, une P. la harcèle, mais ne sachant pas si elle a envie de continuer à coucher avec elle, pour le moment elle ne rappelle pas. Le premier passage date de mi-août, l'autre de début septembre. Tu cherches entre les deux, vers fin août. Il est de nouveau question de cette C., elles ont galéré pour récupérer les clés d'un appart où aller s'envoyer en l'air. Un bruit, tu remets précipitamment le carnet.

Tu n'entends toujours pas l'ascenseur s'ébranler. Tu reprends le carnet. Ton cœur cogne tellement fort que tu pourrais gerber. Tu voudrais en lire plus mais tu n'as pas le temps. Tu ne peux que retrouver ce que tu as déjà vu et relire encore, et encore, et encore, pour être sûre. Mais chaque fois si vite que tu ne parviens pas à mémoriser les phrases.

Tu fais semblant de dormir quand elle introduit la clé dans la serrure. Tu la sens se laisser tomber à genoux sur le lit, et un morceau de croissant apparaît sous ton nez. Tu fais mine de t'étirer, tu ne sais pas où regarder tellement ça doit se voir que tu es livide. Elle rit la bouche pleine, elle dit qu'elle s'est fait draguer par le mec du tabac, puis elle ajoute qu'il faut qu'elle fasse pipi et elle quitte la pièce. Tout se bouscule dans ta tête. Ses innombrables excuses chaque fois que vous deviez vous voir, ses silences à rallonge. Qui sont ces filles ? Est-ce que l'une, ou les deux, étaient celles qui l'attendaient à l'Élysée Montmartre ? Évidemment tu as oublié à quoi elles ressemblaient. Et pas un mot sur toi... même pas une ligne laissant entendre que vous vous « revoyez ». Tu voudrais qu'elle s'en aille, tout de suite, qu'elle disparaisse, que tes larmes puissent jaillir.

Elle est au téléphone avec sa mère, tu en profites pour te reprendre un peu. Quand elle raccroche, tu as même réussi à retrouver une sorte d'air amusé. Tu te lances : personne n'a besoin de prendre son téléphone pour aller au tabac, et personne ne met un quart d'heure pour faire cent cinquante mètres. Elle sourit d'un air embêté : en fait, elle a prêté de l'argent à quelqu'un, elle devait le récupérer aujourd'hui, mais le mec a annulé et elle ne voulait pas s'engueuler avec lui devant toi. Tu saisis l'opportunité : du fric pour un plan ? Elle hoche la tête, s'empressant d'ajouter que c'était il y a longtemps. Tu poursuis : est-ce qu'elle voit d'autres gens ? Elle répond non d'un air étonné. Même en août ? Ah si, une vague aventure. A-t-elle pris de l'héro avec cette fille ? Oui, c'est arrivé une fois ou deux. Elle paraît surprise que tu poses des questions aussi précises, mais elle ne regarde pas vers son sac. Si elle demande, tu assumeras. Tant pis si c'est impardonnable de fouiller dans les affaires des gens, là c'était justifié, fallait que tu saches où tu as mis les pieds. Mais elle ne demande pas, alors tu ne dis rien.

Elle est allongée sur toi, elle apprécie enfin ta nuisette qui remonte sur tes cuisses. Ses mains courent sur ta peau, sa respiration s'accélère déjà, mais juste quand tu te persuades que tu devrais au moins profiter de ça, elle murmure qu'elle va devoir y aller. Les yeux rivés aux siens, tu dis que ça ne peut pas marcher si elle voit d'autres gens. Pour faire avancer une histoire, il faut s'y consacrer. Elle répond qu'elle n'a aucune intention de voir d'autres gens, de toute façon elle n'aurait pas l'énergie ! Ça la fait rire, toi pas. Le plus calmement du monde, tu l'avertis que si elle te trompe, tu la tueras. Elle te considère d'un air perplexe, semblant hésiter entre te traiter de malade et éclater de rire. Tu plisses les yeux en essayant de t'imaginer l'étranglant, puis devant son silence, tu précises que c'était simplement une façon de dire qu'elle sortirait de ta tête. Crois pas que tu vas te débarrasser de moi comme ça ! elle glousse, et elle se lève. Tu la regardes ranger ses affaires. Tu demandes ce que ça lui ferait de prendre de l'héro avec toi. Elle suspend ses gestes, silence, puis elle répond qu'elle ne te laisserait jamais faire ça. Mais un début de sourire s'est dessiné sur ses lèvres.

Avant de passer la porte, elle t'embrasse longuement. Elle se laisse aller contre le mur pour mieux t'attirer. Cette fois tu ne résistes pas, tu t'écrases contre elle. Tu n'as pas osé demander pourquoi elle part, mais tu demandes quand elle compte revenir. Le souffle court, elle répond que le soir elle a un dîner, tu risques de dormir quand ça se terminera. Genre quelle heure ? Elle recule la tête, de nouveau son air supérieur de la veille : comment tu veux que je le sache, ça finira quand ça finira. Tu recules toi aussi la tête pour la considérer. Est-ce que *sérieusement*, elle ne sait pas qu'il existe une race de gens capables de quitter un endroit quand ils ont envie d'aller retrouver quelqu'un ? Tu esquisses un sourire aussi détaché que possible, tu la pousses gentiment sur le palier et tu lances « à un de ces jours alors » avant de refermer la porte.

26

Tu appelles aussitôt Stella, et son conseil tient en deux mots : tire-toi.

Tu argumentes. Peut-être elle ne voit plus ces filles. Et puis c'était avant toi. Et puis elle n'a pas nié quand tu l'as interrogée. Et puis tu l'as trompée la semaine dernière, et aussi avant de la revoir. Pas pareil, rétorque Stella, coucheries compensatoires. De toute façon elle reprend de l'héro et tu n'as pas de temps pour ça. Tu interromps Stella : il n'y a pas de preuve formelle qu'elle le fait souvent. Stella est sidérée : tu as besoin de quoi comme preuves ?

Tu essayes d'être drôle : c'est comme le diable, hein, cette fille ? Mais le diable c'est pas un être humain, c'est rien qu'une énergie, d'accord ? Donc faudrait que je devienne son diable moi aussi. Mais comment y arriver si j'ai jamais aucune prise sur elle ?

Pour en faire quoi ? s'énerve Stella. Tire-toi, elle répète, et pour couper court, elle raccroche.

À mesure que l'après-midi s'écoule, tu crois devenir folle. Tu passes de ton bureau à ton lit, de la fenêtre de la chambre à celle du salon. Qui sont ces filles ? Quel âge ont-elles ? À quoi ressemblent-elles ? Que font-elles ? Se peut-il que tu les connaisses, ou que tu les aies connues il y a cinq ans ? Mais les initiales C. et P. ne te disent rien.

Cette C., est-ce qu'elle est dans l'héro ou c'était juste avec Iris ? Était-elle à côté, en août, chaque fois qu'Iris écoutait tes messages ? Et cette P. qui la harcèle, est-ce qu'elle continue ? Si oui, Iris va-t-elle finir par céder ? Est-ce que cette fille lui court après juste pour le cul, ou a-t-elle, comme toi, l'espoir d'un « vrai truc » ? Ces filles sont-elles au courant de ton existence ?

Elle doit venir à Paris bien plus souvent qu'elle ne le dit. Ou être déjà là depuis un moment quand elle appelle enfin. Dort-elle toujours au même endroit ? Chez cette C. ? Travaille-t-elle aussi dans cette boîte ?

En juin elle disait travailler tous les soirs, ce qui était clairement un mensonge. Si ça se trouve, c'est pas vrai non plus que maintenant elle travaille trois fois par semaine.

C'est laquelle cette boîte, hein ? Le Man Ray ? Le VIP ? Le Twin's ? Les Folies ? Un truc de filles ?

Quel que soit l'endroit, si ça se trouve elle s'y tape plein de gens. Elle empoche les numéros de téléphone et elle appelle quand ça la prend. Facile de glisser un bout de papier quand on vient reprendre son manteau. Elle est bien le genre à ne pas savoir à l'avance où elle va dormir. À décider en cours de route, selon les circonstances. Si seulement tu savais quelle foutue boîte ça peut être. Tu irais attendre à la sortie et au moins tu serais fixée. Mais si tu la voyais partir bras dessus bras dessous avec quelqu'un, qu'est-ce que tu ferais ?

Pas un mot sur toi… Tu voudrais penser qu'elle ne note que les trucs glauques dans son journal. Tu en tenais un, toi, vers dix-huit ans, et tu n'y mentionnais que des choses liées à la dope. Ce qui te faisait fantasmer. Réel ou pas d'ailleurs. Il t'arrivait d'exagérer, de sublimer, d'inventer. Ça pourrait aussi être son cas, non ? Elle ment tellement souvent qu'elle pourrait aussi le faire dans son journal, n'est-ce pas ?

Si tu avais eu le temps de tout lire, qu'aurais-tu découvert d'autre ?

Tu es assaillie d'images. Iris et cette C. sur le scooter, pressées d'arriver à l'appart dont elles viennent de récupérer les clés. Iris en train de l'embrasser à pleine bouche. Sous une porte cochère. Dans l'ascenseur. Contre la porte d'entrée refermée. Iris à genoux en train de la sucer debout. Iris à genoux en train de la sucer assise, dans un canapé, son pantalon aussi baissé jusqu'aux chevilles pour se toucher en même temps. Ou alors l'autre en train de faire ça ? Qu'est-ce qui serait pire ? Iris affamée de prendre l'initiative, ou en pleine volupté de se laisser faire ? Les images qui abondent sont plus suffocantes les unes que les autres. Iris à quatre pattes en train d'offrir son cul…

Est-ce qu'elle s'est aussi tapé des mecs avec ces filles ? Le premier soir, quand tu lui as demandé, elle a répondu qu'elle n'allait plus du tout avec des mecs. Mais elle a pu mentir, comme pour tout le reste.

Jamais personne ne lui a fait ça comme ça ? Tu aurais dû lui balancer que si, qu'avant toi il y avait eu Diane, et Dieu sait qui d'autre depuis !

Laquelle de ces deux filles a-t-elle le plus vue ? Jusqu'où c'est allé ? Cette P., passait-elle son temps à attendre qu'elle rappelle ? Comme toi ?

Et cette C., qu'avait-elle de plus que toi pour qu'en août, Iris préfère être avec elle plutôt que de venir à la campagne ?

Mais tu le sais très bien, ce qu'elle avait de plus. La poudre. Et ça, rien que d'y penser, tu pourrais tout casser chez toi.

Le poids de sa tête sur ton épaule, cette nuit, c'était normal qu'il te pèse. Ce n'était pas un abandon vers toi. Rien qu'un lâcher-prise avec la réalité, y échapper en s'endormant. Ce poids échoué sur toi, ce n'était pas ce qu'elle te donnait, mais au contraire tout ce qui vous séparait.

L'imaginer en train de sniffer t'a toujours foutu les boules. Mais serrer un garrot entre ses dents, tu ne peux même pas le visualiser. Quant à te la représenter vraiment défaite avec une autre que toi, ça te rend hystérique. La plupart des gens deviennent pitoyables quand ils ont leur compte à ce point, mais elle, tu sais qu'elle doit être somptueuse... Et qu'elle l'ait partagé avec quelqu'un d'autre, tu ne peux pas l'accepter.

Ça te retire quelque chose. Cette complicité, c'est sacré. Si elle veut rejouer *Panique à Needle Park* ou *Drugstore cowboy*, elle a pas le droit de le faire avec quelqu'un d'autre que toi.

Mais elle ne va pas le faire avec toi. Maintenant tu le sais : elle ne te laissera *jamais* avoir la moindre emprise sur elle. Même si ça a semblé l'atteindre, hier, quand tu as évoqué l'idée, même si un de ces jours elle en crève d'envie, elle te le refusera. Par principe. Sinon elle aurait sauté sur l'occasion. Personne n'est assez fort pour dire non. Elle te le refusera, comme tout ce qu'elle te refuse déjà.

Baiser sous héro. Bon sang. Tu sais comment c'est... Au lieu de faire la maligne avec ta morale à deux balles, tu devrais aller en chercher et lui dire amène-toi, j'ai de quoi t'envoyer au paradis, bébé. Et au diable le reste.

Iris le bras tendu, la manche retroussée, le poing fermé pour faire ressortir la veine. Iris les yeux rivés sur l'aiguille qui s'enfonce et le sang qui se mélange. Iris qui jette un dernier regard à l'autre avant qu'elle lui envoie la sauce. Puis qui replie le bras et qui se laisse aller en arrière, les yeux mi-clos, la bouche grande ouverte pour accueillir celle de l'autre.

Tu ne peux pas.

Tu ne peux pas.

Tu les vois paresseusement emmêlées dans un lit, aucune notion du temps, des heures qui passent, des jours qui se suivent. Tu as l'impression qu'on t'arrache la poitrine, qu'on te retourne la peau.

Tu sais très bien que si tu faisais une chose pareille, tu replongerais instantanément et tu perdrais tout ce que tu as. Ton boulot, ton appart, ton fric. Ton entourage, Stella, ton ex. Tu perdrais aussi Iris, parce qu'elle est du genre à se barrer quand ça commence à foirer...

Pourtant ce serait le seul moyen de la tenir enfin.

27

La journée de vendredi n'a pas existé. Au réveil tu es descendue acheter du sirop à la codéine, tu t'es recouchée et ensuite tu n'as rien fait d'autre que téter la bouteille devant la télé.

Vers quatre heures du matin, tu as songé que si elle travaillait, elle devait être en train de fermer la caisse de son vestiaire. Tu as essayé d'imaginer la façade de cette boîte. Le quartier où elle peut se trouver, la rue, le trottoir, son scooter garé. Tu t'es demandé de quelle manière elle s'accroupissait pour défaire le cadenas. Si, à côté, quelqu'un enfilait un second casque. Si, un peu plus loin, une ou plusieurs habituées la dévoraient des yeux, là jusqu'à la fermeture dans l'espoir d'un regard. Tu as tenté de visualiser sa façon de conduire, mais ça, tu as rapidement arrêté. De même qu'elle traverse les événements sans se poser de questions, elle doit traverser les places sans regarder dans ses rétros.

Jeudi, après qu'elle est partie, tu n'as pas appelé. Hier tu as essayé, sans laisser de message. Maintenant on est samedi mais tu n'en as même pas envie. Tu as rendez-vous à huit heures dans le 15e, et le reste t'est égal. Paraît que ce plan-là est tellement nickel que tu n'auras pas à demander de goûter avant. Cent fois meilleur que n'importe quel plan d'Iris. En rentrant, tu n'auras même pas besoin de l'appeler pour lui balancer un truc du genre : j'en ai de la super bonne et tu peux crever pour que je t'en file. Le seul fait de savoir que ça l'énerverait grave te suffira.

Tu te demandes vaguement si ce soir elle va travailler, mais en fait tu t'en fous. Des trois bouteilles de sirop que tu as achetées, il reste encore un fond, et tu biberonnes tranquillement en attendant huit heures.

Maintenant tu n'es plus dupe sur la raison de sa dernière visite. Elle devait avoir rendez-vous avec son dealer jeudi et trouver plus pratique de dormir à Paris la veille. Ça laisse supposer qu'elle ne voit plus cette C., mais ça ne change rien. Même si elle n'est pas chez cette fille, elle n'est pas chez toi non plus. D'ailleurs tu sais bien où elle est. Chez le dealer, tout simplement. Il y a toujours une poignée de « privilégiés » autorisés à comater dans un coin, et elle en fait forcément partie. Elle doit même avoir un Stéribox de rechange dans la salle de bains, et une invite permanente dans le lit du mec. On ne va pas te la faire à toi, c'est pas son salaire de vestiaire à temps partiel qui paye sa dope.

En fait, cette môme, c'est une sorte de bébé tapin. Son imper noir, son jean serré, ses talons hauts et ses cheveux filasse, ça sort tout droit de *Christiane F.* OK, elle est moins crade que les gens dans le bouquin, mais les deux fois où elle est venue, elle s'est couchée et réveillée sans passer par la salle de bains. Tu te souviens que la première fois elle était restée longtemps aux toilettes. Vu qu'elle n'avait pas l'air raide en ressortant, c'est qu'elle avait les intestins perturbés, non ? Après elle ne s'est pas lavé les fesses, alors la question qui se pose, c'est : dois-tu remercier le ciel de ne pas avoir eu l'occasion de baiser pour de bon et de te retrouver le nez dans des odeurs dégueu, ou est-ce qu'au contraire ça aurait pu t'exciter ?

La réponse ne vient pas, ce qui laisse penser que ça t'aurait peut-être plu, même si la perspective est inconcevable. Une chose est sûre : si en atterrissant ailleurs, les jours suivants, elle n'était toujours pas passée par la case salle de bains, celle ou celui qui en a profité n'a pas dû être déçu ! Et l'idée que quelqu'un puisse éprouver du dégoût à son égard te ravit.

Voilà. C'est comme les anges qui se cassent la gueule. Qui perdent leur grâce et finissent dans le caniveau. Des coquilles vides. Imprégnés de l'odeur de ces endroits où on perd son innocence et qui reste collée à la peau. Salis à tout jamais.

Ça te détruit d'en prendre conscience, mais disons que tu t'efforces de t'en foutre. Tu attends huit heures du soir et puis c'est tout.

28

Le dimanche tu te réveilles vers midi. Ton corps a évacué la codéine et tu as retrouvé tes esprits. Tu n'es pas allée chez le dealer hier soir. Tu n'avais pas vu l'heure passer quand le journal de 20 heures a commencé, et tu as pris ça comme un signe. Ta petite parenthèse de quarante-huit heures t'a fait du bien, tu avais besoin de mettre ta tête sur pause, mais maintenant la plaisanterie a assez duré.

Hier, dans la soirée, tu as envoyé un texto demandant si ça lui dirait de venir dormir. La réponse est arrivée peu après : pas possible. Ni désolée, ni merde, ni rien. Tu as cependant noté qu'elle prenait la peine de répondre : si elle ne tenait pas à toi un minimum, elle ne s'embarrasserait même pas de ça.

Dehors il fait beau, et tu es triste qu'elle ne soit pas là. Vous auriez pu aller faire le marché, rapporter des oranges, des œufs, du pain frais. Un bon petit déjeuner, puis une balade au bois de Boulogne. Marcher, respirer. Faire tranquillement le tour du lac parmi les gens qui promènent leurs chiens. Peut-être même louer une barque, vous laisser dériver. Ensuite un bon film. Des clichés, mais une journée parfaite, comme dans le morceau de Lou Reed…

Au lieu de ça, elle va se réveiller tard et sans doute prendre le train pour rentrer chez ses parents. À moins qu'elle ne reste là où elle est. Mais où ? Tu sais bien qu'hier tu es allée trop loin en imaginant qu'elle dort chez le dealer. Ça t'arrangerait de penser que son inconstance chronique n'est due qu'à ça, mais tu sais bien que ce n'est pas si simple. En plus, si elle était de nouveau à fond dans l'héro, ça se verrait comme le nez au milieu du visage. En même temps, tu te sens idiote de lui accorder le bénéfice du doute. Quiconque a déjà été accro ne peut pas y retoucher seulement de temps à autre.

En attendant d'en savoir plus, il faut que tu te calmes. Que tu lui laisses le temps de venir vers toi. Et que tu ne cherches plus jamais à lire son journal. Il faut que tu sois adulte. Tu as treize ans de plus qu'elle. Tu devrais montrer l'exemple.

Il est sept heures du soir quand elle appelle. Le temps de jaillir de ton bain, la messagerie s'est enclenchée. Elle est désolée pour hier soir, c'était la Nuit Blanche et la boîte ouvrait plus tard que d'habitude. Elle dit de rappeler quand tu auras ce message, elle termine par « à très vite ». Tu réécoutes plusieurs fois, cherchant à déceler une indication de son état d'esprit. Mais au-delà d'une apparente fatigue, son intonation est mignonne et semble naturelle.

Tu attends un quart d'heure avant de rappeler, mais le message que tu laisses à ton tour n'a rien à voir avec ce que tu voulais dire. Le fait qu'elle n'ait pas répondu vient d'annuler la bouffée de tendresse provoquée par le sien. Plus encore, tu t'en fous qu'elle s'excuse pour hier soir – elle était où la nuit d'avant et celle d'encore avant ? Tu t'es donc contentée de dire : salut, je viens de rentrer, j'ai pas encore dormi alors ne rappelle pas, je vais me coucher.

Tu es satisfaite d'avoir laissé entendre que tu t'es tapé quelqu'un d'autre. Tu as montré que tu as aussi une vie. Néanmoins, à mesure que la soirée s'écoule, tu ne peux t'empêcher de jeter des regards vers ton portable silencieux.

Ce soir-là, en t'endormant, tu es loin de te douter que c'était la dernière fois que tu entendais sa voix.

29

Toute la semaine, tous les jours, tu vas essayer d'appeler. Mais quelle que soit l'heure, tu tomberas systématiquement sur sa messagerie. C'est la première fois que son portable reste éteint en continu, et tu sais ce que ça signifie.

Tu t'efforces de limiter le nombre de messages que tu laisses. Tu t'efforces de te montrer calme. Tu dis qu'elle ne peut pas disparaître comme ça. Pas au bout de deux fois. Pas après ce qui s'est déjà produit il y a cinq ans.

Mais chaque jour commence puis se termine sans qu'il ne se passe rien. Son téléphone reste éteint, et le tien demeure muet.

Cette impossibilité de lui parler, d'obtenir des réponses, à ce stade ce n'est même plus de la frustration. Ça n'a pas de nom. C'est la pire chose qu'on t'ait jamais faite de ta vie. Ça te dévore de l'intérieur. Tu as l'impression qu'on t'écorche vive. Le cœur, la peau à nu. À se taper la tête contre les murs. Méthodiquement, graduellement, pour essayer de faire taire tout ce qui hurle.

Tu ne peux pas regarder un seul film, ils sont tous remplis de gens amoureux. Tu ne peux pas non plus écouter un seul disque, toutes les chansons du monde parlent de ça.

Tu voudrais jeter par la fenêtre le CD toujours dans la chaîne. Tu en es incapable. C'est la seule trace de son passage chez toi.

Il y avait bien un livre, qu'elle voulait t'emprunter et qu'elle a feuilleté. Mais elle l'a replacé exactement où il était, et maintenant c'est comme si elle ne l'avait jamais tenu dans ses mains.

Il y avait aussi les petites bouteilles de Coca en verre qu'elle avait bues le premier soir. Mais ça fait un moment qu'elles sont parties à la poubelle.

Même le crayon de papier qu'elle avait pris dans le pot sur ton bureau, tu ne peux pas savoir lequel c'était, aucune des mines n'est abîmée. Quant au bloc dont elle s'était servie pour t'écrire le mot, tu l'as aussi jeté quand il a été terminé. Maintenant, tu te dis d'ailleurs que si elle a utilisé le tien, c'était pour ne pas arracher une page d'un de ses carnets. Ne pas laisser de trace d'elle chez toi, ne rien emporter de toi avec elle.

Ce mot *est* une trace d'elle et pas des moindres, certes, mais c'est comme s'il ne t'était pas adressé... Tu le relis, ce mot. Et tu ne comprends pas ce qui a pu se passer.

Chaque jour tu la supplies de te rappeler. Que les choses soient dites, au moins. Qu'elle s'explique un minimum. Pas de prise de tête, simplement discuter. Elle ne peut pas ne pas t'accorder ça. Pas après toutes ces années.

Mais chaque jour qui s'écoule est identique au précédent.

Si tu n'étais pas fâchée avec Diane depuis cinq ans, tu chercherais son numéro à Los Angeles, là où elle vit maintenant. Tu ne demanderais pas forcément à Diane de lui parler, mais au moins de t'aider, de t'aider à comprendre.

Tu sais que tu devrais sortir. Quand ça allait mal ces derniers temps, ça te faisait du bien. Le mouvement entraîne le mouvement. Mais où aller ? Et voir qui ? Tu ne pourrais parler que de ça, et tout le monde est déjà saoulé de cette histoire. Alors tu ne réponds pas au téléphone, tu ne réponds pas aux e-mails.

Quand tu descends acheter des cigarettes, tu dois te faire violence pour ne pas regarder vers le trottoir d'en face, là où son scooter n'est plus garé depuis longtemps.

Quand tu remontes, tu ne dois pas espérer la découvrir assise sur le palier.

Quand tu entends la gardienne glisser ton courrier sous la porte, tu ne dois pas te demander si elle a pu t'écrire.

Et quand tu aperçois l'ascenseur qui s'ébranle, tu ne dois pas laisser ton cœur s'emballer à l'idée que ça peut être elle qui vient te voir.

Tu pries, mais tu ne sais même pas quoi demander. Faites qu'elle revienne ? Faites que j'en sois délivrée ? Tu pries, c'est tout.

Tu voudrais qu'elle soit là. Tu ne la toucherais pas. Y a pas que le sexe. Non, pas que ça.

La regarder plonger une cuiller dans un yaourt.

La regarder écarter un pan de rideau pour voir dehors.

La regarder exister. Juste la regarder. C'est tout.

Mais si elle adore à ce point coucher avec toi, comment fait-elle pour s'en passer ? Se pourrait-il qu'elle ait fait semblant ? Et dans ce cas, dans quel but, nom de Dieu ?

À moins qu'elle fasse toujours semblant avec tout le monde. Pour elle ce n'est peut-être rien d'autre qu'une façon d'avoir la paix. Elle couche avec les gens et comme ça ils arrêtent de lui demander les choses qu'elle n'a pas envie de donner… Mais alors pourquoi aller si loin dans la provoc ? Pourquoi chercher à exciter l'autre encore plus qu'il ne l'est déjà ?

Si elle était là, tu la supplierais à genoux. Tu n'aurais jamais cru qu'un jour tu pourrais en arriver là avec quelqu'un. Tu la supplierais de te laisser faire au moins une dernière fois. Tu te mettrais à genoux dès qu'elle aurait passé la porte et tu lui ferais ça debout, dans l'entrée, ou par terre. Où elle voudrait. Tu plongerais entre ses cuisses et tu deviendrais dingue. Son odeur, son goût, tu la boufferais comme une folle. Tu t'enroulerais partout entre les plis de sa peau, tu sucerais sans relâche. Tu t'en foutrais complètement d'être ridicule à regarder. Peu importe que ses mains agrippent tes cheveux ou pas, peu importe qu'elle montre quelque chose ou pas. Tu te noierais là-dedans, jusqu'à ce que tu la sentes monter, monter, monter. Tant pis si ensuite elle repartait en te laissant par terre.

Mais tu ne peux même pas te soulager toi-même pour trouver un peu de répit. Dès que ta main descend tu as les larmes aux yeux.

30

Tu entends de la musique monter d'un étage plus bas. Est-ce le début d'une fête dans l'immeuble ? Il te semble qu'on est vendredi, alors oui, ça doit être une fête qui commence. Tu espères qu'ils n'augmenteront pas le volume en cours de route. Il ne manquerait plus que tu ne puisses pas dormir de la nuit. Les moments où tu dors sont les seuls où tu ne penses pas à elle.

Tu n'aurais jamais dû l'inviter chez toi. Tu aurais dû sortir avec elle. Faire des choses, voir des gens. Prendre l'air, au lieu de rester enfermées dans l'intimité étouffante d'un appartement. Tu aurais dû l'entraîner dans un tourbillon, l'étourdir de trucs insensés, au lieu de lui assener des reproches dans le silence de ta chambre.

Quand tu l'appelais, tu aurais dû lui parler d'autre chose que de vous deux. Toujours vous deux. D'autre chose qu'elle qui merdait, et toi qui avais les boules.

Tu dis tout ça sur son répondeur. Tu dis que tu regrettes. Qu'il faut qu'elle te donne une deuxième chance. Ça peut pas se terminer comme ça. C'est pas possible.

Tu n'arrives même plus à te détendre quand tu dois te laver. Le simple fait de te voir nue te dégoûte.

Chaque mouvement qui met une partie de ton corps en contact avec une autre te glace. Tu ne pourras plus jamais toucher une fille sans penser à son corps à elle. Tu ne pourras plus jamais toucher une fille tout court.

Tu sors de la salle de bains, quand tu reconnais l'intro d'un slow qui monte de la fête. Un truc de Céline Dion, *Because you loved me* ou quelque chose comme ça. Le genre de mélodie entendue mille fois dans plein de films, quand à la fin les gens se séparent ou qu'au contraire tout s'arrange. Le genre de morceau dont tu n'as jamais rien eu à foutre. Pourtant, figée dans l'entrée, enroulée dans la serviette, tu fonds en larmes. Tout ce que ce morceau a de poignant, tu le prends en pleine gueule. La voix de Céline Dion qui s'envole, ça te fait t'adosser au mur, t'y laisser glisser, t'asseoir sur tes talons. Tu vois tout ce que vous n'avez pas fait, que vous ne ferez jamais. Tout ce que tu avais placé comme espoir en elle. Tout ce que tu voulais donner. À chaque octave que la voix grimpe, à chaque retour de refrain, ton cœur n'en finit pas de voler en éclats. Tu ne sais plus où tu es. Toute seule, toute petite, secouée de sanglots au bas d'un mur.

C'est comme si ta vie tout entière défilait sur la musique. Tout ce que tu as pu regarder, entendre, goûter, toucher, les lieux, les gens, les époques, et jamais elle n'a été là pour le partager. Tu vois toutes les fois où tu y as cru, où tu l'as attendue, chaque fois si près du but. Tu la vois marcher, parler, rire, plein de gens l'entourent, et tu n'es pas dans le tableau. Elle vit sans toi. Tu n'existes pas. Tu voulais être tout pour elle et tu n'es rien.

À travers tes larmes tu composes le numéro de Stella. Elle s'énerve en entendant que tu n'arrives même pas à parler. Elle dit : t'es en boucle, ça peut pas continuer, je viens te chercher.

Quand tu montes dans la voiture, tu ne pleures plus. Tu as pris trois Xanax et tu regardes dans le vide. En se rendant compte que tu as oublié de préparer un sac, Stella essaye de te faire rire. Vous irez t'acheter des vêtements à l'Intermarché, des jolis petits hauts pailletés, ça t'ira comme un gant. Mais la plaisanterie tombe à plat.

Stella t'a convaincue de faire un détour avant de gagner la sortie de Paris. À tout prendre, tu aurais préféré le pont Alexandre III, c'est le plus beau. Mais il est loin, vous mettriez trop de temps. Il faudra te contenter de celui de l'Alma.

Penchée sur la balustrade, tu regardes l'eau noire. Tu sais que Stella a raison. Balancer ton portable, c'est la seule solution pour qu'elle ne rappelle jamais. Car elle rappellera, elle l'a toujours fait. Dans un mois, dans un an. Tu dois mettre fin à ce cercle vicieux, et le faire de toi-même. Te débarrasser de ton portable est beaucoup plus symbolique que changer de numéro. C'est dès maintenant qu'elle ne doit plus pouvoir te joindre.

Mais c'est totalement au-dessus de tes forces. Ne pas savoir si elle va rappeler dans les jours qui viennent : impossible.

Si bien que tu regagnes la voiture sans l'avoir fait.

Vous roulez vers la porte de Saint-Cloud pour attraper l'autoroute. Stella ne te regarde pas. Elle se retient de montrer qu'elle est déçue. Au lieu de ça, elle explique que tu dois voir ce break comme une cure de désintox. Comme si tu partais décrocher de la poudre. Elle a une semaine à t'accorder, ça va aller. Les premiers jours, tu n'auras pas faim, ça t'épuisera d'aller faire des balades, tu auras peut-être même besoin de courir à l'autre bout d'un pré pour hurler à pleins poumons. Mais petit à petit, tout rentrera dans l'ordre.

Elle ajoute : accepter des histoires comme ça, c'est vraiment faire des cadeaux à la mort.

31

Il te faut plusieurs secondes pour comprendre où tu es, quand Stella s'assied au bord de ton lit. Le soleil entre par les fenêtres. Il doit être dix heures. Stella tient une tasse fumante, tu te redresses laborieusement pour la prendre. Dans la gravité de son regard, tu lis tout ce qu'elle doit voir sur ton visage. Dans sa main qui dégage tes cheveux de tes yeux, tu sens toute sa tendresse pour toi, et immanquablement ça fait affluer tes larmes. Allez, elle dit énergiquement en te pressant la cuisse à travers la couverture, tu as dix minutes, on part au marché. En se relevant, elle ajoute qu'il fait un temps magnifique, au retour vous irez vous promener.

Devant le lavabo, tu es frappée de constater à quel point tu as rajeuni. Tu as toujours eu cette tête, chaque fois que quelqu'un t'a brisé le cœur. Incrédulité dans tes grands yeux mouillés, comme un animal pris dans les phares, qui regarde la voiture arriver, incapable de bouger, se demandant simplement s'il va valser. Tu aurais cru qu'au fil du temps cet air-là serait devenu plus fataliste. Mais non. Les rides que tu croyais avoir ont provisoirement disparu, et l'hébétement de ta bouche ouverte est celui de tes vingt-cinq ans.

Tu tends machinalement la main pour attraper ta brosse à dents, mais devant toi le verre est vide. C'est la première fois que tu te retrouves ici sans avoir rien apporté. Cette salle de bains et cette chambre ne sont pas les tiennes. Elles le deviennent quand tu t'installes pour les vacances, mais le reste de l'année, elles demeurent impersonnelles comme les autres chambres d'amis. Comment vas-tu tenir une semaine dans ce décor inhabituellement étranger ?

Il faudra qu'un jour on t'explique pourquoi, sur les marchés, les étals sont si nombreux alors qu'ils vendent tous la même chose. Du coup, les commerçants vocifèrent pour attirer l'attention et les gens avancent à deux à l'heure. Tu te frayes un chemin comme tu peux afin de ne pas perdre Stella. Les odeurs multiples qui flottent et se mélangent te donnent la nausée. Jarres de choucroute, meules de fromage géantes, broches de poulets dégoulinants de jus, étalages de poissons visqueux aux yeux fixes. Tu finis par t'extraire de cette masse grouillante pour aller fumer une cigarette. Tu n'en reviens pas d'être de nouveau ici. Ce marché où en août vous veniez aussi bien le mercredi que le samedi. Tout ce que vous avez pu acheter en prévision des repas avec Iris… Tu clignes des yeux pour chasser les larmes qui reviennent. Si Stella ne t'avait pas interdit de prendre ton portable, est-ce que tu essayerais d'appeler ?

Se contenter du marché aurait été trop beau. À présent vous êtes à l'Intermarché. Les allées sont bondées. Là aussi les gens sont à deux de tension. Ils poussent leurs caddies comme des escargots, les abandonnent n'importe où pour aller farfouiller à droite à gauche. Stella se charge du vôtre, qui se remplit petit à petit. Elle ne semble pas t'en vouloir de ne pas participer. Te sentir livrée à toi-même de la sorte te donne l'impression d'avoir quatorze ans. Tu t'es d'ailleurs vue dans un pilier recouvert de miroirs, tu as l'air d'une môme qui aurait fumé trop de pétards. Hirsute, le col de ta veste en daim relevé d'un seul côté, avec une tache non identifiée en plein milieu de ton tee-shirt. La clope à jeun t'a bizarrement assommée mais tu t'accroches à cette sensation, te sentir dans les vapes t'aide à t'accommoder de te trouver là.

Au rayon des produits pour le corps, tu cherches une brosse à dents. Il y en a quarante sortes différentes. Pareil pour le dentifrice. Pareil pour le gel douche. Ça te paraît insurmontable, tu finis par prendre les choses au hasard.

Tu erres un moment au rayon CD. Tes yeux glissent sur tous ces albums de groupes ou de chanteurs que jamais ni toi ni personne que tu connais n'achètera. Tu repenses au morceau de Céline Dion. Tu hésites à questionner une vendeuse qui range un bac, mais Stella te sauve en te faisant des signes depuis une file où elle vient de s'engager.

La dégaine des gens qui attendent autour de vous te consterne. Il n'y a que dans les films ou les journaux que les gens sont beaux... Tu prends un paquet de chewing-gums sur un présentoir, tu déchires l'emballage, tu t'en colles un dans la bouche et tu remets le paquet. Une mère de famille lève un sourcil outré. Qu'elle fasse une remarque à haute voix. Tu n'attends que ça. Mais tu répondrais quoi ? Tu dis à Stella que tu sors fumer une cigarette.

Sur le chemin du retour, tu continues de faire la sale gosse, tes chaussures à plat contre la boîte à gants. Stella ne dit rien. Prête à tout accepter du moment que tu ne parles pas d'Iris... Tu te demandes si tu pourrais trouver de la poudre dans ce patelin de ploucs. Tu es tellement ailleurs que tu as oublié d'acheter du shampoing, du déodorant, et même des culottes et des chaussettes de rechange. Qu'est-ce que vous allez bien pouvoir faire pendant toute une semaine ?

Plus bas, dans le virage, Stella va ralentir et quitter la route pour s'engager dans le chemin. Si tu avais la moindre idée de ce qui t'attend dans les jours à venir, tu donnerais un violent coup de volant pour continuer tout droit vers l'autoroute.

Stella prépare une salade. Assise à la grande table en bois, toi tu regardes vaguement le journal de 13 heures. Tu t'es précipitée sur ton portable en arrivant, mais rien, évidemment. Maintenant Stella l'a éteint, et bien qu'il soit posé devant toi, tu n'oses pas le rallumer. Tu te demandes si elle est réveillée. Si elle a travaillé hier soir. Où elle a dormi. Avec qui. Autant de questions qui te font te relever et t'approcher de la porte-fenêtre. C'est la combientième fois que tu promènes ton regard sur cette propriété, avec l'envie de pleurer à l'idée qu'elle ne viendra jamais t'y retrouver ?

32

À l'entrée de la forêt, l'allée cavalière dans laquelle vous vous engagez est bordée d'arbres qui s'étendent à perte de vue. Une alternance de minces troncs de bouleaux et d'épais troncs de chênes, ainsi que des charmes et aussi des châtaigniers. À certains endroits, des pans de bruyère se détachent. À d'autres, des fougères commencent à roussir. Des plus gros arbres partent d'énormes racines recouvertes d'amas de mousse encore verte. Tout cela s'enchevêtre dans un fouillis de ronces, de troncs déracinés et de branches cassées. Ça sent la décomposition, l'humidité, et cette odeur fait remonter des images de ton enfance. Tu le fais remarquer à Stella, qui hoche la tête et dit que certains parfums restent dans le nez de la mémoire…

Reconnaîtrais-tu le parfum d'Iris ? Est-ce que beaucoup de filles le portent ? Vas-tu avoir un coup au cœur chaque fois que tu le sentiras ?

Là encore, Stella t'a interdit de prendre ton portable. Si tu l'avais, tu appellerais. Tu lui dirais à quel point la forêt est belle et qu'elle devrait venir. Si seulement elle était là, tu ne lui prendrais pas la tête avec des questions. Vous marcheriez côte à côte, c'est tout. Tu jettes des regards vers Stella, tu as envie de faire demi-tour, mais contrairement à toi, elle profite pleinement de la promenade. Les mains dans le dos, elle garde les yeux en l'air vers les cimes, les narines frémissantes comme un chien à la fenêtre d'une voiture. Tu espères que ça ne va pas durer trois heures. Tu as vraiment hâte d'appeler.

Pour une fois tu sais vraiment ce que tu vas dire. Tu vas dire que ça suffit les conneries. Que tu es à la campagne et que c'est un signe, une deuxième chance après cet été. Mais une supposition vient alors s'insinuer dans ton cerveau : c'est parce qu'elle a rencontré quelqu'un d'autre qu'elle n'appelle plus.

— Je vais jamais y arriver, tu laisses échapper dans un souffle.

— Mais si, fait Stella en passant un bras autour de tes épaules.

Vous marchez en regardant par terre. Sous vos pieds, la terre détrempée est recouverte d'une couche épaisse dans laquelle vous vous enfoncez. Des glands, avec ou sans leur capuchon, des piquants de châtaigne, des brindilles qui craquent sous vos pas, et des feuilles d'un tas de couleurs différentes. Rouille, ocre, orangée, jaune, grise, chacune paraît distincte des autres. Chaque couleur, chaque forme, chaque nervure semble unique. Tant de perfection te serre le cœur, tu n'arrives pas à croire qu'Iris n'est même pas là pour voir ça.

— Je vais jamais y arriver, tu répètes, et tu éclates en sanglots.

Stella s'arrête pour te serrer contre elle.

— Je comprends pas, tu balbuties. Je comprends pas pourquoi elle m'explique pas. Pourquoi elle est pas là au moins pour ça.

— Apparemment, soupire Stella, elle n'est là pour personne d'autre qu'elle-même.

Tu t'essuies le nez avec le Kleenex qu'elle te tend.

— Tu crois qu'elle a rencontré quelqu'un ? tu hoquettes. Tu crois que c'est possible ?

— Peut-être, répond Stella, va savoir.

33

Le lendemain, vers huit heures, quand tu entends Stella tirer la chasse d'eau de l'autre côté de la cloison, tu es déjà réveillée. Tu n'as dormi que par intermittence. Tu as appelé avant de te coucher, puis deux fois dans la nuit. Toujours la messagerie, et tu n'as pas laissé de message.

Tu voudrais pouvoir te dire qu'elle s'est fait voler son portable. Si c'était ça, elle ne pourrait pas te joindre. Elle ne penserait pas à essayer ici puisqu'elle ne sait pas que tu t'y trouves. Elle ne pourrait pas laisser de message à Paris, elle n'a jamais eu ton fixe et tu es sur liste rouge. Et ton portable, aucune chance qu'elle le connaisse par cœur. Maintenant, les numéros qu'on entre dans nos portables, on ne les mémorise plus jamais puisqu'on n'a plus à les composer. Mais de toute façon, si c'était ça, elle t'aurait envoyé un mot, elle est venue deux fois, elle a fatalement noté ton adresse. Or s'il n'y a rien eu de la semaine, pas la peine de regretter de ne pas être là pour voir ton courrier.

Alors quoi ? Est-ce que c'est parce qu'elle vient de nouveau d'entrer dans une phase de déprime ? Se pourrait-il que dans un autre carnet elle parle de toi ? Si tu n'avais pas lu, est-ce que les choses auraient suivi leur cours normal ? Mais depuis le début rien n'est normal, tu en as une conscience aiguë.

Stella entre dans la chambre et tu lui dis : son portable est toujours éteint, j'ai essayé trois fois, dans quelles circonstances on laisse son téléphone éteint aussi longtemps ? Stella sourit avec indulgence, elle a d'abord besoin d'un café.

Dans la cuisine, l'épaule contre la porte-fenêtre, tu souffles sur ton thé trop chaud que tu tiens à deux mains. Stella écoute les infos à la radio et tu te tais. Dehors, le ciel est bleu pâle, mais le soleil ne diffuse pour l'instant qu'une lumière blême sur les prés. Les arbres de l'horizon n'apparaissent pas encore, voilés par un léger brouillard. Stella veut que vous partiez dans pas longtemps. Hier soir elle a préparé toutes sortes de choses. Pique-nique dans la forêt. Aller au-delà, pour une fois, des coins que vous connaissez déjà. La perspective de marcher toute la journée ne te tente pas du tout. Tu as des courbatures de la veille, et tu voudrais rester au calme, réfléchir.

Tu sais que tu vas décevoir Stella, mais quand les infos se terminent, tu viens t'asseoir en face d'elle et tu le lui annonces :

— Je peux pas, tu dis. Je suis pas assez en forme, et puis ça me fait plus de mal que de bien.

Stella fronce gentiment les sourcils l'air de dire tu me prends pour une imbécile ?

— Non c'est vrai, y a trop de trucs beaux dans la forêt, j'ai envie de pleurer tout le temps qu'elle soit pas là pour le partager.

— Mais tu peux pas vivre ça pour toi ? s'agace Stella.

Elle soupire.

— C'est comme si on t'avait jeté un sort. Tu es complètement prise. Peut-être il faut que tu partes plus loin qu'ici. Il te faut de l'air, du soleil, du bleu.

L'espace d'un instant, tu te représentes une chambre avec une fenêtre sans vitre. Juste le montant en bois. Par cette fenêtre on ne voit que du bleu. Le bleu de la mer, le bleu du ciel, rien entre les deux. Pas de vitre, la fenêtre n'existe pas. Juste le bleu.

— Écoute, fait Stella, fourre-toi dans le crâne que cette fille n'est pas pour toi, c'est tout.

Tu écrases ta cigarette, puis tu te lèves pour ne pas laisser voir que les larmes brouillent tes yeux.

— On n'a même pas eu le temps de la vivre, cette histoire.

— Mais si, répond tendrement Stella. C'était ça, l'histoire. Vous revoir, comprendre que vous n'aviez rien à faire ensemble et enfin passer à autre chose.

— Alors quoi ? tu demandes en te rasseyant. Juste ooops, excuse-moi, je me suis trompée de porte ?

— Quelque chose dans ce goût-là ! s'exclame Stella. M'enfin de quoi tu as peur ? D'arriver à te passer d'elle ?

Tu soupires.

— J'arriverai pas à m'en passer. Je vais traîner ça longtemps.

— Connerie, lâche Stella. On adore aimer l'idée qu'on se fait des gens, mais pas ce qu'ils sont vraiment. Regarde, tu la voudrais docile et aimante et elle n'est ni l'un ni l'autre. Quand tu comprendras enfin qu'elle est pas du tout celle que tu crois, ça te passera.

— Tu veux pas essayer d'appeler pour voir ? Peut-être qu'elle a fait un renvoi de messagerie systématique pour mon numéro. Tu veux pas essayer de ton téléphone ?

Stella te considère d'un air navré.
— Et si elle décroche, qu'est-ce que tu veux que je lui dise ? Qu'elle n'a pas le droit de décider à qui elle veut parler ou pas ?
Tu soupires de nouveau.
— Tu crois qu'elle a rencontré quelqu'un d'autre ?
Stella écrase sa cigarette.
— Celui ou celle qui arrivera à mettre la main dessus, ce sera tant pis pour lui.
Devant ta moue sceptique, elle ajoute :
— Quel genre de nourriture veux-tu recevoir de quelqu'un comme ça ?

Tu te relèves.
— Je vais appeler. Il faut que je le fasse, une dernière fois.
— Une dernière fois qui n'en est jamais une. Comme l'héro, hein ? T'es bien placée pour le savoir, non ? La dernière fois, jusqu'à la fois suivante.
Tu ramasses ton portable sur la table.
— Tu sais, poursuit Stella, à chaque pas que tu fais vers elle, tu t'enfonces un peu plus loin. Tu ne parles qu'à ton miroir, elle n'est pas là. Tout ce que tu lui dis, ça ne s'adresse qu'à toi, pas à elle.
Tu te rassieds. Stella continue :
— Tu ne veux pas accepter que ce ne soit pas elle qui te libère.
— Mais c'est à elle de le faire !
— Elle l'a déjà fait, elle ne t'appelle plus.
— Mais *pourquoi* ? tu gémis.
— Tu cherches une cohérence alors qu'il n'y en a pas.

— Ça existe pas de traiter les gens comme ça.
— Bien sûr que si ça existe, la preuve. On croit toujours que l'amour est un truc super universel, avec certaines règles, alors qu'il n'y en a aucune.

— Il doit pourtant bien y avoir une raison.

— Occupe-toi plutôt de répondre à tes propres questions. Tu les as les réponses, il faut juste que tu ailles les chercher en toi.

Tu regardes ailleurs, excédée.

— Essaye de comprendre ce qu'elle représente pour toi. On a tous nos obsessions, quelles qu'elles soient.

Stella se marre.

— Y en a c'est les dessous-de-verre, les timbres, les cartes de téléphone, toi c'est elle, c'est tout.

Tu dévisages Stella d'un air ahuri, genre si c'est pour entendre des conneries pareilles, je préfère encore être sourde.

— Écoute, reprend Stella d'un air plus sérieux, quand quelque chose se brise, ensuite tout se construit autour de la fracture. Autour de nos peurs, de nos manques. Il faut que tu trouves à quoi elle correspond chez toi. Tu l'as très bien dit l'autre fois, c'est ton diable à toi. Cherche pourquoi.

D'un geste tu balayes ton portable, qui tombe par terre.

— Tu sais quoi, soupire Stella, je vais rentrer. Il faut que tu sois seule pour faire ça. Tant que je serai là pour en parler, ça n'en finira pas. Tu as de quoi manger pour la semaine, je reviendrai te chercher quand tu voudras.

34

Tu ne dors pas. Tu as appelé à la seconde où Stella est partie. Tu cachais ton impatience comme tu pouvais pendant qu'elle avalait les dernières bouchées du dîner. Puis, le temps de voir ses phares diminuer au bout de l'allée, tu appuyais sur répertoire. Ton cœur a bondi en entendant que ça sonnait enfin. Tu te demandais comment elle allait être, comment il allait falloir que toi tu sois. Mais elle n'a pas répondu et ça a réglé la question. Tu n'as pas laissé de message.

Au-delà de cette foudroyante indifférence, ce que tu voudrais savoir, c'est si elle est mal élevée, limitée mentalement, ou complètement sadique. Toi qui détestes les conflits, toi qui détestes faire de la peine, si tu voyais quelqu'un s'accrocher comme ça, par correction tu rappellerais. Elle non. Tous les jours ou presque, son portable lui indique que tu t'es manifestée. Tous les jours ou presque, elle se prend des reproches ou des questions dans la gueule. Et pourtant elle ne bouge pas. Comment peut-elle supporter ça ? Elle efface sans écouter ? Ça la fait rire ? Elle se dit que ça finira bien par te passer ?

Allongée en pleine lumière, tu écoutes les bruits de la maison. Tu as horreur de dormir ici seule. Autant la journée tu ne penses pas à la taille de l'endroit, autant le soir tu es obnubilée par ça. Tu ne l'as jamais dit à Stella, mais chaque fois que tu l'invites, ce n'est pas seulement pour le plaisir de passer des vacances avec elle, c'est aussi pour ne pas être seule. Ça t'est arrivé une fois, au tout début, quand ton père venait d'acheter cette maison, et tu n'as jamais oublié cette semaine-là.

Dès que la nuit commençait à tomber, tu ne pouvais plus rester en bas. Passer devant les fenêtres alors qu'au-dehors on ne distinguait plus rien, ça te donnait l'impression d'être une proie qu'on pouvait observer à sa guise sans être vu. Fermer les volets n'y changeait rien, ne pas savoir ce qui se tramait derrière était pire. Soir après soir, tu n'avais donc pas d'autre choix que de te réfugier à l'étage. Mais tu avais beau avoir la petite télé de la cuisine et le magnétoscope du salon, tu n'étais pas tranquille. Tu passais ton temps à mettre le film sur pause pour tendre l'oreille. À te relever pour aller regarder par les fenêtres. À essayer de calculer ce que tu te casserais si tu devais sauter pour fuir. À vérifier que le numéro des flics du coin se trouvait bien sur la table de nuit.

Ça a toujours fait rire ton père qui dit que tu regardes trop la télé. Il te l'a répété maintes fois : quand on s'introduit quelque part par effraction, on n'a qu'une trouille, c'est d'être surpris. Si quelqu'un se retrouvait nez à nez avec toi, il serait le plus pétrifié des deux. Peut-être, mais toi tu ferais un arrêt cardiaque ! Tu ne survivrais pas à la terreur, ton cœur exploserait, tout bonnement. Tu n'as jamais eu peur d'un cambriolage, les amateurs ne s'attaquent pas aux maisons habitées et les pros n'usent pas de violence. C'est du malade isolé que tu as toujours eu la trouille. Le type qui s'installe, qui te séquestre et qui te fait Dieu sait quoi pendant des jours sans que personne ne s'en aperçoive.

Cette semaine-là, chaque soir tu t'étais posé cent fois les mêmes questions. Quelqu'un avait-il pu se faufiler dans la journée et attendre tapi dans un coin ? Que se passait-il derrière les portes closes des pièces où tu n'allais pas ? Les volets étaient-ils partout bien fermés ?

Ces questions sont en train de revenir, et tu vois d'avance à quoi va ressembler ton séjour ici. Comme cette fois-là, tu vas monter tous les soirs à huit heures, être paralysée d'effroi, ne t'endormir qu'avec les premières lueurs du jour, te réveiller à midi, t'en vouloir le reste de l'après-midi, et le soir venu, recommencer.

Tout ça est ridicule. Stella t'a laissé ses culottes et ses chaussettes, mais pour le reste vous ne faites pas du tout la même taille. Qu'est-ce que tu vas bien pouvoir faire ici, sans rien à te mettre, sans rien pour t'occuper ? Tu n'as apporté aucun CD, aucun DVD, aucun bouquin. Ton père n'écoute que du classique, il ne regarde que des vieux films et ne lit que des bios d'hommes politiques. Ce n'est même pas comme si tu pouvais aller acheter quelques DVD à l'Intermarché. Il n'y a plus de gardiens pour t'y conduire, les anciens sont partis il y a peu et les nouveaux pas encore arrivés.

Merde, tu avais complètement oublié ce détail. Tu te lèves aussitôt pour aller voir par la fenêtre si c'est éclairé chez le mec des chevaux, un peu plus loin dans la cour. Tout est plongé dans le noir. Si ça se trouve il n'est même pas là. Lui aussi il est nouveau. Ton père a dû lui demander de ne pas découcher tant qu'il n'y aurait pas de gardiens, mais rien ne dit qu'il s'y tient. Tu reviens regarder l'heure sur ton portable. Il est deux heures du matin. Tu décides de penser qu'il est là et qu'il dort, sinon tu vas passer la pire nuit de ta vie.

Tu n'as même pas pris de quoi travailler. Ça fait combien de temps que ton boulot est en plan ? Tu embrasses la chambre du regard. Demain tu vas demander à Stella de revenir te chercher. Ce n'était pas une bonne idée de venir ici. Tout te rappelle cet été.

Vous auriez marché pieds nus dans l'herbe. Bu des jus de fruits glacés. Dormi les fenêtres ouvertes. Vous auriez regardé le soleil se coucher sur la forêt. Montré du doigt le couloir aérien qui passe au-dessus. Compté les étoiles dans le ciel bleu marine. Vous auriez mangé de la viande grillée, des épis de maïs, des pastèques. Vous vous seriez laissé porter par la paresse. Les vacances ont un goût d'éternité. Vous auriez fait du sexe n'importe quand, tout le temps.

Tant de moments qui auraient pu arriver.

Elle te prend la main quand tu sors du bain, elle te guide jusqu'au lit et grimpe sur toi…

Vous vous promenez dans un pré, elle te colle contre la barrière et défait les boutons de ton bermuda…

Tu lis dans une chaise longue et tu sens sa main glisser entre tes cuisses…

Tu es enfoncée dans un gros siège gonflable. Tes pieds trempent dans l'eau, tu es entièrement nue et tu savoures la chaleur du soleil au creux de tes cuisses. Elle fait du surplace pour ne pas couler, les yeux rivés sur tes doigts qui commencent à te faire décoller…

Tu es assise au bord de la piscine, en tee-shirt mais sans bas de maillot de bain. Tes bras sont tendus derrière toi avec tes paumes à plat pour ne pas basculer.

Elle te tient par les chevilles, et les brins d'herbe sous tes mains sont doux comme sa langue qui te fouille...

Tu laisses échapper un bref soupir en même temps que ton bassin se soulève. Puis tu rouvres les yeux doucement. Tu es toujours là, dans cette chambre, en pleine nuit, en pleine lumière. Tu remontes le drap sur ton visage pour fondre en larmes. Puis tu essuies tes yeux, ton nez avec le dos de ta main, et tu recommences. C'est douloureux mais tu te forces. Tu appuies avec trois doigts jusqu'à ce que la sensation redevienne acceptable...

Tu la balances contre un mur et tu lui demandes comment elle a pu te faire ça. Comment elle a pu coucher avec d'autres gens. Tu la gifles. Sa tête heurte le mur derrière. Elle essaye de s'expliquer mais tu continues de lui coller des baffes. Méthodiquement. Tranquillement. Elle commence à saigner du nez. Elle tombe à genoux, elle tente de déboutonner ton jean. Tu la tiens par les cheveux en lui faisant tordre la tête. Sa bouche, son menton sont maculés de sang. Je t'en prie, elle gémit, me refuse pas ça, je t'en prie. Tu empoignes ses cheveux encore plus près de son crâne et tu lui écrases le visage contre ton entrejambe. Elle parvient à baisser ton jean. Ses mains partent agripper la chair de tes fesses et elle commence à te bouffer furieusement. Tu ne t'emmerdes pas à écarter les jambes. Tu ne desserres pas les fesses quand ses doigts essayent d'y entrer. Tu t'en fous complètement que ça ne te fasse pas jouir. Tu veux juste la voir à genoux comme ça, et qu'elle, elle voie que ça te fait rien. Qu'elle te baise même pas bien et que tu vas la lourder. C'est plus qu'une question d'heures, de minutes, de secondes. Tu vas la lourder et elle n'aura plus que ses yeux pour pleurer. Mais avant ça tu vas lui inonder la gueule. Tu es devenue un mec et tu la regardes pomper, s'appliquer autant qu'elle peut. Tu la tiens par les cheveux et ton autre main empêche sa nuque de reculer. Tu vas lui décharger tout ça dans le fond de la gorge jusqu'à ce qu'elle s'étouffe. Ou alors en pleine face. Ensuite tu la retourneras, tu la feras se foutre à quatre pattes et tu lui montreras ce que c'est de se faire enculer pour de bon. Puis une fois que t'auras fini, tu te redresseras, et tu lui pisseras dessus.

Mais quand tu jouis de nouveau, c'est toi qui pleures, toi qui éclates en sanglots.

35

En ouvrant les yeux, complètement engluée de sommeil, tu sens que quelque chose ne va pas. Et pour cause. L'écran de ton portable que tu saisis péniblement indique six heures du soir. Au lever du jour, ton corps a fini par exiger que tu cèdes, cependant jamais tu n'aurais imaginé dormir aussi longtemps... Tu rabats la couverture, mais tu n'arrives pas à rassembler assez de force pour te redresser. Ta tête est tellement lourde que tu ne parviens même pas à la soulever de l'oreiller. Tu as l'impression d'émerger au fond d'un puits. Tu te tournes de côté, tu fais pendre tes jambes hors du lit, et tu t'aides de tes mains pour essayer de t'asseoir.

Dans la cuisine, tu n'ouvres qu'une seule fenêtre dont tu pousses laborieusement un seul des volets. Dehors le ciel est rempli de gros nuages. Tu regardes en direction de la forêt. Il doit rester au moins deux heures de lumière avant que la nuit tombe. Tu appuies sur le bouton de la bouilloire, et tu remontes à l'étage. Tu te passes longuement de l'eau froide sur le visage. Puis tu reviens dans la chambre pour t'habiller. Tu mets une culotte de Stella, ses chaussettes, et tu enfiles ton jean en remettant ton tee-shirt de la veille. Dans le couloir tu continues tout droit jusqu'à la chambre de ton père. Tu entres dans son dressing, tu allumes, tu prends un pull au hasard, tu éteins derrière toi et tu redescends.

Tu te brûles la langue avec le thé trop chaud, tu vides la tasse dans l'évier. Tu vas chercher tes bottes de caoutchouc dans la buanderie. Dans l'entrée, tu décroches le premier blouson qui se présente. Tu fermes la porte à clé derrière toi, et tu enfouis la clé au plus profond de la poche de ton jean.

En traversant le jardin, tu constates que les nuages qui dérivent lentement au-dessus de la forêt sont vraiment sombres. Mais il y a des trouées de bleu dans le ciel, et tu sens un léger vent sur ton visage, il va les chasser. Tu veux attendre d'être dans la forêt pour commencer à réfléchir. Avant de l'atteindre, tu dois franchir une petite partie en sous-bois puis traverser une départementale. Pendant ces quelques centaines de mètres, tu t'accordes de ne penser à rien. Simplement respirer l'odeur de mousse.

Puis une fois que tu as traversé, tu t'y mets. Tu es sortie pour te parler à toi-même, tu es maintenant complètement réveillée, alors vas-y :

As-tu réellement compris ce qu'elle te disait ? Ou n'as-tu entendu que ce qui t'arrangeait ?

Es-tu simplement mal tombée, une fois de plus ? Ou n'as-tu jamais vraiment compté ?

T'a-t-elle vue telle que tu es ?
L'as-tu vue telle qu'elle est ?
Qu'a-t-elle aimé chez toi ?
Qu'a-t-elle rejeté ?

Mais ces questions resteront toujours sans réponses, et tu sais bien que ce ne sont pas celles qu'il faut te poser. La seule chose que tu dois te demander, c'est : pourquoi, toi, tu t'es chaque fois embarquée là-dedans.

Était-ce vraiment de l'amour, ou t'es-tu simplement retrouvée prise dans le grand mensonge des sentiments ?

On sait qu'on aime quelqu'un quand le matin, au moment où il passe la porte, on a le cœur qui tremble de ce qui pourrait lui arriver. On sait qu'on aime quelqu'un quand devant *Titanic* on se dit qu'on lui donnerait la planche... Tu as aimé ton ex de cette façon, et c'était bien la première fois d'ailleurs. Mais Iris, peux-tu en dire autant ?

Tu aurais donné n'importe quoi pour l'entendre te dire je t'aime, aucun doute là-dessus. Mais ensuite, qu'en aurais-tu fait ? Te voyais-tu sincèrement avec elle, au quotidien, dans une vraie histoire ?

Tu sens le vent se lever. Les feuilles commencent à remuer dans les arbres. Des branches tombent çà et là. La forêt tout entière se met à osciller. Tu lèves les yeux. Les nuages n'ont pas du tout poursuivi leur chemin, ils stagnent au-dessus de toi, noirs, bouffis, déformés comme des grosses baudruches prêtes à céder. Tout d'un coup il n'y a plus rien. Tu ne perçois plus un bruit. Tout s'est comme figé. Un instant de silence suspendu. Et puis un grondement sourd s'élève. Il roule dans la distance, un éclair jaillit brièvement, et un violent coup de tonnerre éclate. La pluie s'abat aussitôt. Tu te demandes si tu dois continuer, un peu de pluie n'a jamais fait de mal à personne.

Maintenant tu l'as compris : elle n'était pas amoureuse de toi, tout bêtement... Qu'elle ne l'ait jamais été, ou que ça se soit éteint au fil des années, peu importe. La question c'est : pourquoi tu bloques comme ça à chaque fois ?

Qu'est-ce que tu cherchais avec elle ?
Revivre ta jeunesse ?
Retrouver ton passé ?
La protéger ?
La sauver comme une petite toi ?

Est-ce que Stella a raison ? Est-ce qu'on se construit autour de nos manques ? Est-ce parce que tu as un problème avec l'abandon et la frustration ? Parce que enfant tu as manqué de certaines choses et qu'aujourd'hui, quand certaines situations réactivent tes peurs les plus archaïques, tu perds les pédales ? Pourtant, tu as déjà été confrontée à l'indifférence de gens qui te plaisaient, et jamais tu n'as été affectée de la sorte.

La voulais-tu à ce point parce que tu ne peux pas l'avoir ?

Quand bien même. En supposant que ce ne soit que ça, revivre les choses ne suffit pas pour guérir. Ça n'a rien changé, et ça ne changera jamais rien. Si un jour elle rappelle, dans un an, dans cinq ans… Toutes les fois où tu as dû passer à autre chose, tu te disais OK, cette fois c'est la bonne. Mais maintenant tu ne peux plus. Tu sais très bien que si un jour elle ressurgit, tu ne pourras pas résister. À moins qu'elle devienne très moche ou que tu sois de nouveau dans une grande histoire, tu ne pourras pas ne pas y aller.

On est combien au monde, combien de milliards ?
Combien de gens en train de crever à cette seconde, combien d'autres en train de naître ?

Et nous on est là à fixer sur l'odeur d'une nuit, d'une seule. Sur un poignet, une nuque, une mèche de cheveux. Et pendant des années ça brûle chaque fois qu'on y pense. Puis ça s'estompe, ensuite, à force, mais pour revenir encore plus fort, plus clair, d'une autre manière, comme une maladie qui s'appellerait la vie.

Il tombe des cordes, mais à présent ça ne servirait à rien de rebrousser chemin. Tu es déjà trempée et tu ne serais pas plus à l'abri en revenant sur tes pas. Tu continues donc d'avancer, les mains enfouies dans les poches du blouson, la tête rentrée dans les épaules, glacée par l'eau qui s'insinue dans ton cou. Tous les trois cents mètres, tu arrives à un croisement d'où partent d'autres allées identiques. Tu prends systématiquement tout droit.

Tout ça ne dit pas pourquoi elle s'est comportée de cette manière avec toi. Les Belges ont une expression pour ça, ils disent : « Être pendu à un clou. » C'est exactement ça. Elle t'a suspendue quelque part, elle te décroche quand ça la prend puis elle te raccroche jusqu'à la fois suivante. Cinq ans ! Elle croit que tu vas y passer ta vie ? Conasse ! tu lâches en donnant un coup de pied dans un caillou. Tu sautes à pieds joints dans une flaque, puis une autre. Tu finis par dévier vers le ravin où l'eau ruisselle et tu te mets à shooter dedans pour en soulever des gerbes. Conasse ! tu répètes, espèce de conasse hydrocéphale ! Puis en remontant le monticule, tu décides qu'il est temps de faire demi-tour.

Cette conversation avec toi-même ne mène à rien. Tu ne sauras peut-être jamais pourquoi cette fille te plaît à ce point, mais de toute façon, elle s'est tirée une fois de plus. Alors tout ce qu'il te reste à faire, c'est passer à autre chose, sans perdre ton temps à te demander ce qui arrivera si un jour elle rappelle.

36

Le jour a beaucoup diminué sans que tu t'en rendes compte. La pluie a cessé mais tu as froid. Surtout, tu sens une vague d'angoisse monter. Croyant prendre un raccourci, à un moment tu as tourné et maintenant tu ne vois plus où tu es. Arrêtée à un croisement, tu ne sais plus si tu viens de la gauche ou de la droite. Tu pousses un soupir de soulagement en distinguant des faisceaux de phares entre les arbres. Si tu es si près de la route, la maison devrait être bientôt visible. Tu choisis de quitter l'allée pour couper en diagonale.

Mauvaise idée. Les fougères qui t'arrivent à mi-cuisse achèvent de tremper le devant de ton jean. Les broussailles te griffent le visage. Tu n'arrêtes pas de trébucher et le raffut que tu provoques décuple ton anxiété. Tu dévies pour rattraper une autre allée. Tu prends ton élan pour sauter le ravin plus large qu'ailleurs, et en touchant le sol, un de tes pieds se tord légèrement. Devant toi se tient une biche figée qui te fixe de ses grands yeux écarquillés, avant de détaler d'un bond. Tu regardes alentour, tu ne vois plus les phares des voitures. Cette fois tu es vraiment perdue.

Tu t'approches d'un arbre pour en examiner le tronc. On t'a appris que le nord est toujours du côté où il y a la mousse. Tu fais le tour de l'arbre, celui-ci en a partout. Les suivants aussi. Tu te remets en route. Cette fois tu marches plus vite malgré ta cheville qui te lance un peu.

Le jour décline de plus en plus rapidement et tu as l'impression que la forêt est en train de se refermer sur toi. La lune s'est levée, mais les arbres filtrent la lumière, tu ne distingues plus grand-chose devant toi. Tu manques sans cesse de glisser dans la boue. Tu n'as pas la cheville foulée, mais quand même, tu es obligée de ne pas poser le pied complètement. Il faut que tu sortes de là avant que ça te monte à la tête. Le moindre craquement te remplit d'épouvante. Le simple bruit de tes pas achève de te glacer le sang.

Un peu plus loin, en bordure de l'allée, se dresse un gigantesque chêne. Tu penses aussitôt à celui qui attaque Blanche-Neige, qui déploie ses branches comme des bras pour essayer de l'arracher au sol. Tu fais un écart en le dépassant.

Brusquement tu entends comme une cavalcade sur le côté. Tu stoppes net et, le cœur dans la gorge, tu jettes un regard circulaire. Ça se rapproche de plus en plus. Tu sais que parfois il y a des sangliers dans le coin. Tu ne vois que les ombres des arbres. Qu'est-ce que tu vas faire s'il y en a un qui surgit dans l'allée ? Ton cœur cogne lourdement. Tu le sens dans ta poitrine, dans ta gorge, jusque dans ton estomac. Depuis quelques secondes, ta main est plaquée sur ta fesse droite, ta poche dans laquelle se trouve ton portable. Tu n'as pas le souvenir de l'avoir embarqué en sortant, mais il est là, et même si tu ne sais pas qui tu vas appeler, en tout cas tu es prête à le faire.

Le bruit est semblable à celui d'un troupeau. Ça vient de la gauche et ça vient de face. Tout d'un coup tu le vois, ou du moins distingues-tu sa masse qui arrive. Il n'y en a qu'un. Il est à une dizaine de mètres, dans les fourrés. Seuls le ravin et une rangée d'arbres vous séparent. Tu ne peux pas rester à découvert comme ça, mais il n'y a pas d'endroit où tu peux grimper, les premières branches des arbres sont bien trop hautes pour essayer. Il est énorme, ça ressemble à un cochon géant mais avec des poils, une forme toute ramassée et une putain de sale gueule. Tu pries pour qu'il te dépasse sans te voir. Tu cesses de respirer. Tu pries aussi pour que ton portable ne sonne pas. Il se peut que dans quelques secondes tu meures, ou que tu sois handicapée à vie. Tu chasses l'image d'Iris qui apparaît, tu ne veux pas que ce soit la dernière.

Il est passé sans s'arrêter.

Il est déjà loin derrière, mais tu n'oses toujours pas bouger. Peut-être tu vas avoir besoin de vomir tellement tu as eu peur. Tu essayes de respirer lentement pour éviter ça. Petit à petit, les battements de ton cœur commencent à se calmer. Ton dos est trempé de sueur. Tu finis par pousser un lourd soupir, et tes yeux se remplissent de larmes. Tu fais quelques pas, puis tu t'accroupis, et la tête dans les coudes, tu te mets à pleurer.

Elle avait pas le droit de te faire ça. Pas sachant ce que tu éprouvais pour elle. Elle avait pas le droit de te refuser d'essayer. Qu'importe si ça ne pouvait rien donner de bien. Tu aurais préféré mille fois être déçue que de ne toujours pas savoir. C'est vraiment dégueulasse.

Quand tu te remets debout, tu vois que la nuit est désormais complètement tombée. Tu te dis qu'en continuant toujours tout droit, tu finiras forcément par retomber sur une route. Cette forêt est comme un carré entouré de départementales. Au pire ce ne sera pas celle près de la maison, mais ensuite tu retrouveras facilement ton chemin. Il faudra simplement prendre garde de ne pas marcher trop près de la chaussée, ne pas te faire faucher par une éventuelle voiture qui n'aurait pas de phares.

Ta cheville te lance de plus en plus et tu es transie de froid, mais tout ça sera bientôt terminé. Sans ralentir le pas, tu sors ton portable de ta poche. Les touches brillent dans le noir. Tu le regardes une dernière fois, puis tu le lances de toutes tes forces au-dessus des fourrés. Le mouvement te fait trébucher et ta cheville t'arrache une grimace de douleur.

Comment elle disait déjà ? « Jamais personne d'autre m'a baisée comme ça, t'entends ? T'entends ? »

Alors à haute voix tu réponds : plus jamais ma belle, t'entends ? T'entends ?

PLUS JAMAIS ! tu cries en tournant sur toi-même, et l'écho de ta voix se répercute à l'infini dans la nuit.

Épilogue

Quand tu débouches enfin sur la route goudronnée, tu boites beaucoup et tu sens que tu as déjà de la fièvre. La lune a surgi de l'épais rideau d'arbres qui la masquait. Presque pleine, elle éclaire désormais parfaitement la dernière portion de bois qu'il te reste à franchir. En arrivant, tu ne vas même pas te plonger dans un bain chaud. Tu ne vas même pas passer par la cuisine pour refermer le seul volet ouvert. Quelque chose te dit d'ailleurs que tu n'auras plus jamais peur dans cette maison. Tu vas commencer à te déshabiller en montant l'escalier, te débarrasser de tes vêtements en longeant le couloir, et t'écrouler sur ton lit.

À mi-chemin du jardin, tu décides de t'asseoir dans l'herbe quelques minutes. Tu te laisses aller en arrière et tu étends ta jambe pour la reposer. Tes mains caressent doucement l'herbe mouillée. Tu te demandes si ton portable a atterri dans une flaque. Un peu idiot. Maintenant tu vas devoir résilier ton abonnement et en reprendre un autre. Racheter un téléphone, aussi. Alors que changer de numéro et effacer le sien aurait été plus simple.

La réverbération de la lune révèle l'étendue du jardin dans une clarté diffuse. Tu songes à tous les moments heureux que tu as passés ici, été comme hiver, et Iris n'en a jamais fait partie. Tu revois Stella en train de conduire l'autre nuit, son regard rivé sur la route devant elle. Jamais une histoire pareille n'aurait pu lui arriver, question de respect de soi. Tu penses à ton ex, et à comment tu l'as perdue.

Putain, où est-ce que tu te trompes ?

Dans un instant, tu vas te relever pour aller te coucher dans un vrai lit. Mais en attendant d'en trouver la force, tu contemples cette grosse lune blanche qui scintille dans le ciel bleu marine, et toutes ces étoiles qui, pour ce que tu en sais, pourraient être déjà mortes depuis mille ans.

Remerciements

Mes remerciements vont à mon père et à sa femme Lillan, pour m'avoir prêté leur maison où aller travailler loin de tout ; ainsi qu'à Simonetta Greggio, une fois de plus, pour m'y avoir emmenée et séquestrée jusqu'à ce que j'aie terminé. Sans l'énergie communicative de Laurence Romance, au jour le jour, je n'aurais sans doute pas non plus écrit ce livre. L'amitié de Cat Brindel m'a été précieuse, et celle des personnes suivantes également : Mané, Capucine Motte, Karolina Bomba, Émilie Sciarli, Isabel Palgiai, Guillaume Robert, qui a trouvé ce titre, Juliette Joste, fidèle directrice littéraire, et ma mère. Une personne en particulier s'est montrée très patiente dans cette histoire, elle se reconnaîtra.

8205

Achevé d'imprimer en Slovaquie
par NOVOPRINT SLK
le 13 mars 2018.

EAN 978290353615
OTP L21EPLNJ04204C004
1er dépôt légal dans la collection : décembre 2006

ÉDITIONS J'AI LU
87, quai Panhard-et-Levassor, 75013 Paris

Diffusion France et étranger : Flammarion